致青春 108

別對我動心

（上）

翹搖　著

高寶書版集團

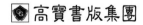

目錄
CONTENTS

第一章　校草

冬日的江城總是固陰沍寒，層層雲霧不見天日，陰暗的天氣讓人打不起精神。

岳千靈站在擁擠的走道，守著印表機，四周只有機器運作的沉悶聲音，而她的眼裡透著幾分激動。

幾秒後，她看著離職單從印表機裡緩緩吐出，長舒了一口氣。

一週前，岳千靈提出離職申請。

今天週二，她已經提交郵件，去各個部門走完流程就可以正式離職了。

於是，她在小組私下拉的群組裡說了一聲。

岳千靈：『各位，我離職啦，今天辦理所有手續，下週就不來啦。感謝大家這段時間的照顧！』

遊戲公司辦公環境沒那麼嚴謹，此話一出，四周的同事沒在群組裡回訊息，幾道視線直接集中到她的座位。

「什麼？妳辭職了？」

「好好的怎麼要辭職啊？」

「馬上就要過年了怎麼這個時候辭職？」

「不是要耶誕節活動了嗎？妳的卡面還沒畫完怎麼辭職了？」

問話的人太多，岳千靈沒辦法一一作答，只好籠統地說：「我要回學校做畢業設計了，之後可能考慮回家鄉工作。」

「回家鄉工作」可能是在座許多人都考慮過的問題，所以沒再纏著問，頂多只是對岳千靈突然提出辭職表示震驚，轉頭問另一個人，「組長妳怎麼不說呀？」

這件事岳千靈確實沒有提前告訴其他同事。

她的組長是唯一提前知道她要離職的人，畢竟審核第一關就需要她簽名。

不過以組長的性格，沒把這事說出去，岳千靈還挺意外的。

「我想著也不是什麼大事。」組長理了理瀏海，雲淡風輕地說，「那今晚一起聚個餐？當作歡送會吧。」

岳千靈聞言，沒有立刻說話。

要說她離職的原因，第一個因素就是這個組長。

也不知道是一個人吃飯就消化不了還是怎麼樣，動不動就建議全組聚餐。你不去還拿團隊合作思想那一套壓你，搞得好像不參加聚餐就是不合群，要接受幾小時的思想教育。

平時岳千靈想著自己只是一個還沒畢業的大四學生，要尊重前輩，不要惹一些不必要的麻煩，加上同事各個都來招呼，她只能犧牲自己的休息時間去聚餐。

不過現在嘛。

岳千靈笑了笑，「不了，謝謝。」

她摘下工作證，放進包裡，直勾勾地看著組長。那雙眼睛深邃漆黑，睫毛濃密，即便不施粉黛也像含情帶意，很適合傳達畫外音——都辭職了，放過我吧。

可是組長好像沒聽出她的意思似的，拿出手機開始選餐廳：「樓下那家烤魚店怎麼樣？很紅的要排隊的，我先領個號吧。」

手指輕輕按了幾下，才抬頭笑咪咪地對岳千靈說：「說不定這是我們小組一起吃的最後一頓飯了，以後多聯絡啊。」

岳千靈不再說話。

她連多一個眼神都不想給組長。

拿上離職單，岳千靈離開了座位。

HC互娛是一個創立三年的遊戲公司，說大不大，各項流程也沒那麼麻煩，連競業條款都不用簽。

她現在只需要按照離職單上的表格去各個部門簽名，最後給HR（人資）簽名蓋章就可以了。

這時才下午三四點，岳千靈不慌不忙地先去茶水間倒了一杯咖啡，靠著窗邊坐著，心情難掩激動。

她打開手機，在大學宿舍群組裡嚎叫。

糯米小麻花：『終於解脫了！我要回宿舍躺三天三夜！打三天三夜的遊戲！』

糯米小麻花：『我要吃三天外送！誰也別想讓我出門聚餐！』

沒多久，室友印雪回了訊息。

印雪：『笑小聲點，我在世貿中心都聽見妳的笑聲了。』

印雪：『不過妳真的決定了？不再考慮一下？』

印雪：『ＨＣ多好啊，待遇那麼高，我們多少人想進還進不了呢，今年我們學校去面試的幾十個人裡只錄取妳一個人呢。』

印雪：『我覺得妳那點小意見，完全可以看在錢的面子上忍忍。』

話說回來，岳千靈對ＨＣ這個公司的意見可是一點都不小。

永遠占用下班時間聚餐的組長，審美奇葩的主策劃，長了手卻老是麻煩別人幫忙的組員，還有夏天開到十五度冬天開到三十度的空調。

不身在其中，永遠不會理解這些「小事」對人的摧殘有多大。

岳千靈原本是個精緻女大學生，但自從來這裡上班，有時候連頭都不想洗了。

預想到未來生活的昏暗，岳千靈決定及時止損。

反正又不需要養家糊口，何必這麼委屈自己呢。

況且岳千靈雖然偶爾鹹魚，但也是一條有夢想的鹹魚。

她學了這麼多年美術，又對遊戲行業情有獨鍾，自然是想有個積極向上的工作氣氛的。

而HC互娛呢，盈利挺多，但賺的錢都是快錢。

每一款手機遊戲的開發都是照著別人的框架玩法抄一套，然後迅速上市迅速flop，運氣好的還能堅持兩、三年。錢是流水般地嘩啦啦進賬了，但岳千靈時不時迷茫，自己學了這麼多年的美術，現在到底在幹什麼？

群組裡，另一個室友也回了訊息。

方清清：『唉，其實哪個公司不是這樣呢？只要是工作，都一樣苦命，HC好歹薪水高呢。』

糯米小麻花：『別勸我了，這破公司，再漲十倍薪水我都不待了！』

回完這則訊息，岳千靈神清氣爽地走進電梯。

第一個要簽名的部門是行政部。

電梯門打開，岳千靈臉上的笑容還沒按捺下來，就聽見正對面的人力資源總監辦公室裡傳來一聲怒吼。

「要老子讓位？你們瘋了吧！遊戲還做不做了！」

「什麼乳臭未乾的臭小子！他媽的大學畢業證書還沒拿到呢也敢上來就要坐我的位子？」

「你們他媽的羞辱誰呢！老子不幹了！」

緊接著，一個三十多歲的男人摔門而出，怒氣衝衝地朝電梯走來。

人力資源總監跟出來，試圖想說什麼，最後只是張了張口，一句話也沒說，回頭關上辦公室的門。

岳千靈看呆了。

沒想到辭職——還能這麼帥的？

在她出神的時候，負責她離職流程的HR陳茵從一旁走過來，叫了她一聲。

「岳千靈？走完流程了？」

「沒呢，正要去行政處。」

岳千靈又回頭看了那個男人一眼，問道，「這是哪個部門的啊？」

陳茵沒什麼事，剛買了一杯咖啡上來，站在一旁跟岳千靈閒聊。

「不是你們手遊事業部的，是第九事業部的。」

「啊？」岳千靈詫異地瞪大眼睛，「第九事業部的人，怎麼會鬧得這麼難看？」

不是岳千靈大驚小怪，而是這個「第九事業部」在HC是一個非常特殊的存在。

說起這個部門，不得不提一下HC互娛的發展史。

老闆是一位三十多歲的年輕女人，經歷相當傳奇。

國中時期曾經一度因為沉迷遊戲而退學，家裡打斷了三把衣架終於把她拉上正軌。

好不容易大學畢業了，家裡想著不用操心了，不想這位姐直接拒絕了所有offer，跟家裡人說要去做遊戲。

這一下把她爸媽氣得心臟差點停了，又打斷了三把衣架也於事無補，最後直接斷了關係。

然而故事的走向並不是很勵志。

這位姐懷著滿腔熱血想創造次世代3A遊戲，卻發現甲方爸爸只為黃金礦工買單。

經過多次挫敗差點去睡天橋之後，這位姐想出一個曲線救國的方法。

——做手遊，賺快錢，養夢想。

而她的夢想承載體，自然就是公司裡那個神奇的「第九事業部」。

不像其他事業部，連名字都透著敷衍。

「第九事業部」並不是HC的第九順位事業部。

眾所周知，傳統八大藝術是指繪畫、建築、雕刻、音樂、文學、戲劇、電影、舞蹈。

而電子遊戲，游離在不被世人認可的邊緣，被虔誠地奉為「第九藝術」。

——「第九事業部」由此而來。

它已經成立三年了，位於HC互娛大樓的最頂層。

他們像一個神祕組織，雖然共用辦公大樓的一切設施，架構卻與HC互娛分離，擁有獨立的辦公系統，平時也從不出現在公司團體活動上。

最重要的是，他們還沒有任何產品上市計畫。

也就是說，他們沒有任何業！績！壓！力！

岳千靈雖然不認識第九事業部的人，但不妨礙她嫉妒。

那可是一群行業天才，被老闆高價招聘進來，傾全公司之力養活他們，讓他們大把大把燒錢去開發真正的次世代遊戲。

簡直就是老闆捧在心尖上的一群人。

所以岳千靈不明白，那位大哥怎麼會和人力總監吵成這樣。

「妳以為第九事業部真的白吃飯啊？」陳茵喝了一口咖啡，慢悠悠地說，「開發那邊已經七個月沒有進展了，換別的公司就是捲舖蓋走人的下場。」

說著，她轉過頭別有意味地睨了岳千靈一眼，「但是我們老闆有人情啊，也沒趕人走，只是花大力氣找了新的主開發來。」

岳千靈挑了挑眉，表示自己願意繼續聽下去，陳茵自然不吝其言，「新的主開發年紀不大，好像跟妳差不多吧……」

靠。

岳千靈天靈蓋一麻。

跟她差不多大，豈不是大學剛畢業，甚至還沒畢業。

來擔任3A遊戲的主開發，怪不得剛剛那位原主開發要氣成這樣。

這不是羞辱人嗎。

除非那人是天才。

可第九事業部的人，誰又不是領域內的天才呢？

「所以呀……」陳茵突然拍了拍岳千靈的肩膀，「妳看這個世界就是這麼殘酷，剛剛那位曾經也是遊戲業的風雲人物啊，從業十幾年出了多少成績，但只是這一個案子搞不起來，立刻就要被後浪拍死。所以我還是勸勸妳，最好再仔細考慮一下，別用跳槽的時間耽誤了自己成長的機會。」

「好的，謝謝茵茵姐，我先去蓋章了。」

「……」

整個離職流程挺順利，離職單上每一處都簽好了名。

岳千靈深吸一口自由的空氣，滿臉笑意地去找陳茵蓋最後的紅章。

陳茵看她那麼開心，其實覺得有些可惜。

畢竟作為美術，岳千靈的畫風深得老闆喜歡，產出通過率還是全公司美術人員中最好的。她要是走了，回頭老闆要她們以岳千靈為標準再找人，那才麻煩呢。

而且出於私心，她也挺喜歡岳千靈的。

於是，在蓋章前，她再次問道：「真的不考慮考慮了？一辭職，可是三個月內不能再返聘了呢，要是找不到更好的工作怎麼辦？現在後悔，我還可以幫妳撤銷流程。」

後悔？

岳千靈笑著搖頭，「不了，我已經想好了。」

話都說到這份上了，陳茵也無力挽留，打開抽屜找公章。

這時，岳千靈突然感覺到身旁籠上一層黑影。

她一轉頭，目光觸及到身旁之人時，所有思緒的齒輪在剎那間停止轉動，只有心跳加快速度。

顧尋不知什麼時候站到她身旁的。

他穿著黑色的飛行員外套，更顯身材挺拔高大，影子被燈光拉得極長，所以出現的那一瞬間給岳千靈微妙的感覺。

燈光明亮得有些刺眼。

岳千靈定神看著他的側臉。

他絲毫沒有注意到身旁的人，只在對面的接待人員問他來幹什麼的時候，抬手拿出一張Ａ４紙。

「來報到，第九事業部。」

話音落下，人力資源部好幾個人從辦公桌抬頭，視線朝顧尋身上集中。

有的人就是這樣，即便低著頭，面容隱藏在逆光處，看不見那張精雕細刻的臉，但渾身氣質也能讓人將其與「吸引力」三個字牢牢掛鉤。

現場的目光便能證明此結論。

更何況，他此時說的是「第九事業部」。

今天要來第九事業部報到的，只有那個「大學畢業證書還沒拿到」的新任主開發。

唯一與顧尋面對面的那個女職員在恍神片刻後，確認自己沒聽錯，連忙開始核對資料表。

這時，顧尋才注意到身旁一道視線一直黏在他身上。

他側頭，垂眼看見岳千靈的那一刻，有點意外。

但沒有一絲驚喜，只是抬了抬眉梢。

「妳怎麼在這？」

岳千靈驟然回神。

她正想著要說話的時候，顧尋卻已經收回視線，伸手接過ＨＲ遞來的單子。

很顯然，他對岳千靈為何出現在這裡不太感興趣。

但他不知道，在他出現的這短短一分鐘，岳千靈的內心世界已經發生了翻天覆地的變化。

顧尋竟然就是那位大哥口中羞辱人的存在。

這HC互娛可真是個好地方！

不走了！

打死也不走了！

可是——

等岳千靈終於想起自己為什麼站在這裡，並回過頭看向桌面時，

陳茵已經在她那張離職單上蓋上了鮮豔的紅章。

那一聲「等一下」硬生生卡在喉嚨裡，連帶著一盆冷水兜頭而下，潑得她心涼。

這一秒鐘，岳千靈感覺自己嚐盡了人生前二十年「後悔」的總和。

可惜一切都來不及了。

陳茵把蓋好章的離職單還給她，並不捨地說：「再見啊千靈。」

岳千靈：「……」

她僵硬地看了離職單一眼，又看了顧尋一眼，垂死掙扎著問：「你來這裡工作？」

顧尋懶洋洋地揉了揉脖子，盯著前方正在幫他辦理入職的HR的電腦，「嗯」了一聲算是

回答。

而後，他好像才意識到什麼，轉頭的同時，視線緩緩睇向她手裡的離職單。

乍一看，離職單和入職單好像沒什麼差別。

所以，他問：「妳也來報到？」

岳千靈埋下頭，低聲道：「我是來離職的。」

「哦。」

哦。

哦？

岳千靈脖子一僵，慢吞吞地抬起眼。

只有一個「哦」嗎？

顧尋好像確實沒有因為她的離職給予更多的情緒。

連客套都欠奉，接過人資返還的入職單，直接掉頭離去。

擦肩而過的那一瞬間，她感覺到他從外面帶來的涼意還未散盡，如細針一般掃過她的臉頰，引起難以察覺的輕微刺痛。

「你們認識啊？」

陳茵的聲音把岳千靈拉回神。

「啊？」

「哦，對。」陳茵自顧自地說，「差點忘了，你們是同個學校的。」

說完，她朝岳千靈揮揮手，「好了，現在流程走完了，妳可以回家了。」

岳千靈沒有立刻離開公司。

她坐在座位上慢吞吞地收拾東西，時不時地停下來出神地看著手機。

沒有了各個工作群組的騷擾，手機只有寢室群組在熱火朝天地閒聊，竟有些不習慣。

好一陣子，她冷不防插了一句話。

糯米小麻花：『我走完離職流程了。』

印雪：『恭喜恭喜！晚上火鍋？』

糯米小麻花：『但我後悔了。』

方清清：『？』

印雪：『？』

糯米小麻花：『因為我剛剛發現，顧尋入職我們公司了。』

印雪：『？？！！』

方清清：『……靈，這就是沒緣分，真的，妳放棄掙扎吧。』

真的沒緣分嗎？

緣分向來是一種見仁見智的問題，有人認為攜手一生才是緣分，而有人認為在茫茫人海中的一個眼神對視便已經是一種緣分了。

岳千靈屬於後者。

別人聊起是什麼時候心動時，或許很難找到一個明確的時間點。

但岳千靈卻可以清晰地回憶起初見顧尋那一刻的風裡帶著清淡的桂花香。

那是去年九月，大三開學。

岳千靈所在的美術學院終於從濱江校區搬到主校區。

籃球場旁邊的桂花樹開著一簇簇的金黃色花朵，懷揣著對新校園好奇的岳千靈在樹下打量著四周。

一個籃球突然氣勢洶洶地朝她飛來，她的魂嚇飛了。

而這個時候，一個男生從她身後走來，順勢抬起手，從容地將那球擋開。

非常俗套的劇情。

但岳千靈一回頭，看見顧尋的第一眼——

她那孕育了二十年的所有對愛情的嚮往與憧憬，在那個瞬間有了清晰的形象。

緊接著第二天，岳千靈的媽媽來江城出差，同時要和一位老同學敘舊，順便帶上了岳千靈。

對方阿姨也帶上自己兒子，但岳千靈沒想到阿姨的兒子就是顧尋。

這確實不能用「緣分」來形容了。

簡直就是命中註定。

反正岳千靈是這麼想的。

但沒想到，那天的晚飯是她這一年多來和顧尋說話最多的一天。

說是最多，其實也不過四、五句，還是在雙方母親的詢問中順勢搭上的話。

在那之後，岳千靈感覺顧尋於她如同陌生人一般。

學校那麼大，偶爾遇見也不過是點頭之交，大多數時候連一句問候都多餘。

不過瞧瞧現在——

她前腳離職，顧尋後腳就來報到。

所以真如方清清所說，她和顧尋真的沒緣分嗎？

不。

岳千靈想，公司這麼多，為什麼顧尋偏偏踏進這一家。

分明是冥冥之中，連老天爺都不願他們在畢業後一別兩寬。

於是一種纏綿又磨人的情緒無形中裹挾著她，讓她產生了強烈的想要留下來的意願。

一個顧尋，足以掩蓋這個公司的所有缺點。

只是……

剛離職就後悔，這未免有些過於打臉，說不定老闆會覺得她做事太兒戲，同事們背後把她當笑話談論。

思及此，岳千靈垂著眉眼，坐在座位上發愁。

這一坐就坐到了下班時間。

遊戲公司加班是日常，今天也不例外。不過組長說了晚上聚餐，大家都起身準備下樓。

「走吧千靈。」組長朝她招招手，「我們下樓吃飯。」

岳千靈正想開口拒絕，就聽旁邊的同事說：「你們聽說了沒？第九事業部來了新的主開發。」

岳千靈眼皮一跳，朝她看去。

另一個同事不甚在意地說道：「換主開發了？我看也是早晚的事情，這有什麼好大驚小怪的。」

「可是新來的主開發是個應屆畢業生啊！聽說還超他媽帥！」

「真的假的？應屆畢業生？」

「是真的啊。」組長突然插話，整理著東西準備離開，「我剛剛去找行政的時候還見到本人了，是很帥，聽說是南大的校草呢。」

「南大？」一個同事一聽，立刻看向岳千靈，「跟妳是校友啊？你們認識嗎？」

岳千靈點頭，「認識的。」

「啊？」組長突然驚詫地轉頭盯著岳千靈，「可是我剛剛問他認不認識妳，他說不認識欸。」

「……」

狹小的辦公區突然沉默。

所有人尷尬又好奇地看著岳千靈。

心臟像被人狠狠地揪了一下，岳千靈感覺吸入的每一方空氣都足以讓她窒息。

好在她的理智還未消散，迅速地笑了笑，說：「我是說，我知道他這個人，畢竟是風雲人物嘛……」

「哦，這樣啊。」組長捂著嘴笑了笑，「我就說那麼巧，專門去問他跟妳認不認識，我還以為是妳介紹來的呢。」

岳千靈不輕不重地說：「下次有什麼想瞭解直接來問我好了，不然——」

她抿著唇，似笑非笑，「我還以為組長您對小一輪的弟弟也感興趣呢。」

「……」

如果這時候大家還看不出兩人之間的劍拔弩張，就是傻瓜了。

所以岳千靈提出要直接回家時，別人也不好再繼續挽留。

而因為組長那一句「他說不認識欸」，岳千靈氣得錯過了轉線站，比平時多浪費了近半個小時才回到學校。

踏進校門時，天色已暗，操場亮起夜跑燈，與天邊的晚霞相映成趣。

手機響了幾下，有人傳了訊息給她。

校草：『上線，3＝1。』

岳千靈快速回了句：『不來。』

她並不急著回寢室，沿著操場一圈圈踱步。

低垂著腦袋，緊裹著圍巾。漫無目的，雙眼無神，一看便是失意人。

岳千靈才二十一歲，還不具備獨立消化情緒的能力，需要黑夜與冷風的說明才能承托住滿腔的酸楚。

她一直知道顧尋這人不太熱情，冷冰冰的，對人算不上友善。

但她好歹是他媽媽朋友的女兒。

一起吃過飯，還跟媽媽們說以後在學校互相關照。

就算稱不上「朋友」，也不至於連「認識」都算不上吧。

況且——

她還孤注一擲地喜歡著顧尋。

正傷心著，手機又不停地震動。

校草：『人呢？』

校草：『？』

校草：『非要我把轎子抬到妳家門口？』

岳千靈的滿心酸澀被打擾得零零落落。

沒有我你們是扛不動槍嗎？

她按下說話鍵，把手機湊到嘴邊沒什麼情緒地說：『老闆晚上好這裡是小麻花陪玩，KD七點六段位無敵戰神，能剛能苟聽指揮，會拉槍線會報點，活著保護你死了超度你，除了價格貴沒有別的毛病。老闆付得起錢嗎？付不起就先結束聊天吧。』

岳千靈的本意是想表達自己沒有打遊戲的欲望。

沒多久。

校草：『多少錢。』

岳千靈睨了手機一眼，隨手傳了一個非常倡狂的數字。

糯米小麻花：『一個小時五百。』

傳完這句，岳千靈把手機扔進口袋，去旁邊飲料店買了杯熱奶茶。

心已經是冷的，手不能再被凍到。

岳千靈回到寢室已經是二十分鐘之後的事情。

她脫外套時順便拿出手機，不經意掃了螢幕一眼，才發現上頭又有幾則新訊息。

她打開瞅了一眼，手機差點沒拿穩。

校草：『妳最近缺錢？』

『校草轉帳了五千元。』

校草：『先買十個小時，上線。』

校草：『人呢？』

校草：『妳捲款跑路了？』

岳千靈盯著轉帳記錄看了好幾秒，才確定是真的轉錢了不是惡作劇梗圖。

她抿著唇角，一臉莫名地把轉帳退了回去。

見過人傻錢多的，沒見過對網友還這麼人傻錢多的。

幾個月前，岳千靈的固定遊戲隊友分崩離析，考研究所的考研究所，棄遊戲的棄遊戲，

她一下子連找人雙排都有困難。

一天晚上，她躺在宿舍床上隨便隨機配對隊友，排到這個「校草」，以及他的兩個朋友。打了一局之後，岳千靈發現這個人跟她的配合還挺默契，於是又邀請了幾局，加上了遊戲好友。

後來她沒事上遊戲，看到他們在組隊，都會拉上她。

一來二去，幾人就加了聊天好友，平時總是叫她一起玩遊戲。

但岳千靈確定，他們總是叫她並不是因為想帶妹。

而是因為，她真的強。

畢竟她在這個隊伍從沒體會過什麼特權。

至於為什麼給他備註「校草」，是因為剛認識的時候，他那兩個朋友有一段時間老是這麼調侃他。

退錢後，岳千靈直接戴上耳機，登錄遊戲。

她所在的宿舍本來就不是滿人，方清清實習地方偏遠，乾脆在外面租了房子，而印雪今天加班，所以此時只有她一個人，十分安靜。

岳千靈加入隊伍後，看少了一個人，問道：『怎麼，林尋他火急火燎把我叫來，自己卻沒上線？』

林尋，也就是那位「校草」。

岳千靈不知道這兩個字是怎麼寫，反正聽駱駝和小麥大部分時候都這麼叫他。

『不知道他在拖什麼。』駱駝說，『今天妳沒加班？』

駱駝應該是這三人中年紀最大的，聲音粗獷，聽起來三十歲左右。

岳千靈一邊換外觀，一邊說：『我離職了。』

『嗯？』小麥的聲音則奶氣多了，他驚詫地說，『離職了？』

岳千靈『嗯』了一聲，抬手把檯燈打開，同時漫不經心地說：『這局玩雨林吧。』

突然，一道聲音進入耳麥。

『怎麼突然離職？』

岳千靈垂眼看手機畫面。

果然是林尋上線了。

他的聲音懶懶的，帶著一絲漫不經心的氣質，裹挾著輕微的電流傳來，讓人耳朵有輕微酥癢的感覺。

莫名讓岳千靈想起今天顧尋在她身邊說的那一句「妳也來報到？」

一樣的語調，一樣的速度，甚至連那半拖不拖的尾音也相似。

說來也巧。

聲音相似，「校草」這名頭相似，就連名字裡都一樣帶個「尋」。

若不是一個姓「林」，一個姓「顧」，岳千靈差點要以為網際網路都忍不住撮合她和顧尋了。

不過只是恍神刹那，岳千靈很快就收了心思。

明明是來轉移注意力的，怎麼又想到顧尋了。

『別提了。』已經到了出生島，岳千靈到處跑來跑去，『這局我們跳訓練基地。』

『欸、欸？怎麼回事？』駱駝不滿地說，『我KD才二點多，想讓我死就直說。』

KD是指這個遊戲裡殺人數／死亡數，資料非常直觀，KD越高，能力越強。

而駱駝和小麥算是新手，平時都是跟著岳千靈和林尋躺贏的。

他們所玩的遊戲是近年熱門手機遊戲《和平精英》，算是戰術競技型射擊類沙箱遊戲。

在這個遊戲中，玩家或其隊伍需要在遊戲地圖裡收集各種戰鬥與生存資源，並在不斷縮小的安全區內對戰其他玩家，讓自己或其隊伍生存到最後，視為勝利。

而訓練基地，在雨林地圖中位於中央，又有極豐富的物資，所以剛槍玩家都喜歡跳這裡。

換句話說，沒幾把刷子的人來這裡就等於送死。

兩人說話間，林尋已經帶領隊伍跳傘。

落地前，岳千靈觀察一下四周，說道：『有一隊，在對面。』

一跳到主樓，她就撿了一把AKM步槍帶子彈，沒幾步就穿上了二級甲和三級頭盔。

完美。

岳千靈直接衝向另一隊人落地的地方，路上還撿了一個擴充彈匣。

『有人要跟我去對面殺人嗎？』

小麥一驚，『我連一把像樣的槍都沒有呢！』

岳千靈：『殺了他們就有了。』

『……』

駱駝和小麥自然沒跟上。

不過林尋倒是比岳千靈衝得快，她到的時候，對面已經放鞭炮似的打起來了。

等岳千靈一來，兩人很快把對面四個人頭拿完。

她慢悠悠地搜起了東西，耳機裡，駱駝問她：『小麻花，妳今天心情是不是不好啊？』

岳千靈沉默片刻，『嗯』了一聲。

駱駝：『因為離職？』

『不是。』岳千靈直接說，『工作是我主動辭的，那破公司我不待了。』

駱駝雖然是個大直男，但心思其實挺細膩，早就發覺岳千靈的悶悶不樂了。

『那怎麼不開心？』

『因為我今天走的時候——』岳千靈正說著，突然話峰一轉，『有腳步聲！』

她敏銳地環顧四周，『好像在七十方向！』

畢竟這裡是訓練基地，岳千靈這一喊，大家都警覺地聽著耳機裡的腳步聲。

果然來了一個滿編隊，而且是從天堂度假村帶著滿配槍與高級護具來的。

兩隊人打了許久，岳千靈這邊還犧牲了小麥，才終於殘血滅掉他們全隊。

經過這麼一遭，大家好像忘了剛剛的話題，補滿血後立刻朝著毒圈跑去，一路上還警惕地看著四周。

而岳千靈雖然槍也剛了，人頭也拿了，但她的注意力依然沒轉移。

一到沒人的時候，她就老是想著今天發生的事情。

於是，她跑著跑著突然說：『你們說，男生都喜歡什麼樣的女生啊？』

沒想到岳千靈冷不防這麼一問，隊伍裡三個人都沒說話。

岳千靈進了房屋區，一邊搜東西，一邊自言自語般繼續問：『溫柔的？知性的？還是可愛軟萌那種？林尋，你喜歡哪種女生？』

剛說完，她打開一扇房門看見不遠處擺了一把M24，美滋滋地跑過去。

結果只差那麼一步，林尋突然從屋子外面的窗戶跳進來，搶走了岳千靈正要撿的M24狙擊槍。

『還我！』岳千靈對著他揮了幾拳，『你講不講道理？這把槍是我先看到的！』

然而林尋根本不理她，並且站在她面前，囂張清理著背包裡的東西。

好一陣子，才冷不防冒出一句：『妳漂亮嗎？』

岳千靈：？

她認真想了一下，然後問：『我要是長得漂亮你就把M24還我？』

『長得不一定美，想得倒是挺美。』

他離開房區，半蹲在一個大石頭後，架上槍打開倍鏡，觀察著四周的動靜。

然後才慢悠悠地說：『在男人眼裡，女人只分漂亮的和不漂亮的，跟溫柔知性可愛都沒關係。』

岳千靈：『……膚淺！』

遊戲畫面裡，穿著花裙子的女孩氣得跳來跳去。

而旁邊蹲著的男人一動也不動。

駱駝聽到這裡，終於哈哈大笑起來：『小麻花別聽他胡說！』

小麥：『就是，我們男人哪有那麼膚淺！』

岳千靈呵呵乾笑了兩聲，正想說點什麼，又聽駱駝道：『我只喜歡知性溫柔的，美女。』

小麥：『我只喜歡可愛軟萌的美女！』

岳千靈：『……』

她掏出一顆地雷，捏在手裡引燃兩秒，然後朝那兩個膚淺的男人扔去。

『去死吧你們！』

「砰」一聲，地雷引爆，然而兩個人全躲開了。

駱駝還是那副吊兒郎當的語氣：『欸我說小麻花，我確定沒有男人喜歡脾氣暴躁的美女。』

這兩人你一句我一句鬧得歡騰，林尋卻蹲在石頭後面一言不發。

直到岳千靈聽到一道消音M24的聲音，以為林尋在打人，她猛地轉身，『人在哪？』

林尋平靜地說：『走火。』

岳千靈扯了扯嘴角，找了棵樹躲起來。

當她開鏡看著四周時，畫面幾乎靜止，沒有一個人出現，所以她又不知不覺走了神。

如果顧尋真的和他們一樣膚淺……

那好像也不錯。

至少對待她的時候，不會冷漠地跟人說「不認識」吧。

『所以妳還沒回答呢。』駱駝笑完了，又回到剛剛那個話題，『妳漂亮嗎？』

『很漂亮呢。』岳千靈實話實說，『從小校花當到大的。』

耳機裡出現一聲輕嗤聲。

岳千靈很確定，是林尋的聲音。

岳千靈立刻掏出地雷對著他：『你在質疑什麼？』

若不是這個遊戲只有地雷才能傷害到隊友，她早就掏槍指著林尋腦袋了。

林尋不理她，站起來往山坡上跑去。

岳千靈看了毒圈一眼，也緊跟著他的腳步。

『巧了。』林尋慢悠悠地說，『我也從小校草當到大。』

岳千靈：『……我說真的。』

林尋：『我也說真的。』

耳麥裡，駱駝和小麥兩人哈哈笑著，駱駝還說：『我作證，是真的。』

岳千靈一個字也不信。

這種感覺怎麼形容呢？

就好像妳說妳是馬雲的親女兒，對方說巧了，他是妳同父同母的親哥哥。

妳覺得對方在吹牛。

對方也覺得妳在吹牛。

岳千靈朝林尋的背影連開了好幾槍，懶得再繼續這個話題。

一個多小時後，第三局遊戲結束。

『不玩了。』林尋連最後贏的箱子都沒打開，直接結算，『我去吃飯。』

岳千靈這才想起她也還沒吃晚飯。

『我也去吃飯。』

退出遊戲後，她打開聊天軟體，看見印雪在五分鐘前傳了訊息。

印雪：『我馬上要下地鐵了，準備在學校門口吃點晚飯，妳吃了沒？來不來？』

印雪：『宿舍裡沒衛生紙了，洗手乳什麼的也用完了，吃完了我們順便逛逛超市？』

正值寒冬，外送員的身影穿梭在學校的大街小巷。

若不是不想讓室友一個人買共用的生活用品，岳千靈是不可能只為了吃一頓飯在這種天氣出門。

夜深風寒，白熾路燈在微弱的月光下顯得慘澹不堪。

岳千靈把外套帽子戴起來，裹上圍巾和口罩，只露出兩隻眼睛，一路朝校門口小跑著。

繞過操場後，只需要穿過一條馬路就到校門了。

這時正是學校後勤人員下班的時候，學校裡腳踏車和摩托車穿梭不斷。

岳千靈站在路邊張望著路況，目光突然一定。

瑩然燈光下，顧尋站在距離她五、六公尺遠的地方，半側著臉，目光漫不經心地落在對面閃爍的紅綠燈上。

天凝地閉，他卻絲毫不覺得身上的外套有些單薄，領口敞著，任由寒風灌入，喉結的弧度在燈光下格外清晰。

岳千靈望著他的側影，略微失神。

想到林尋說的話。

她沉吟著，睫毛有凝霜的感覺，以至於視線裡的顧尋逐漸模糊。

因為下午發生的事情，雖然此刻她距離顧尋只有幾公尺，卻不敢上去打招呼。

片刻後，她掏出手機，沉著臉，傳訊息給林尋。

糯米小麻花：『你錯了。』

糯米小麻花：『並不是所有男人眼裡都只有漂亮和不漂亮的女人。』

糯米小麻花：『有的男人，面對很漂亮的女人，就像看空氣一樣。』

這邊剛傳完，印雪的訊息又接連進來。

印雪：『妳到了沒？』

印雪：『妳點的米線都要涼了！』

印雪：『妳他媽給我跑兩步！』

岳千靈回了個「在校門口了」，再切出去，看見林尋已經回了訊息。

校草：『妳有沒有想過。』

校草：『或許妳說的那個男人，眼裡只有漂亮的，和不漂亮的。』

校草：『男人。』

岳千靈：？

她讀了三遍，才反應過來這人在說什麼。

然後，傳了滿螢幕的「？」過去。

不是……吧？

不可能……吧？

我靠啊！

在寒夜裡，岳千靈像突然被人扼住喉嚨，腦子裡嗡嗡直響。

她猛地抬頭，緊盯著前方的顧尋。

然後，她看見顧尋拿起手機。

螢幕微弱的光亮映在他的瞳孔裡，他似乎看到了什麼讓他開心的東西，突然勾唇笑了一下。

岳千靈的心臟倏地一緊。

第二章　暗戀

岳千靈還不至於憑林尋的幾句話就覺得顧尋是個Gay。

只是她因為這件事，晚上睡覺的時候做了噩夢。

——夢見顧尋和林尋在一起了。

他媽的。

夢中的林尋還挺帥！

雖然夢境裡看不清他的臉，只見身形，肩寬腿長，氣質高冷，就憑那股氣質，本人絕對不會醜。

思及此，岳千靈更氣了。

她氣醒時，才淩晨三點，窗外黑得只有星星點點的路燈光亮。

翻來覆去好幾次都沒辦法繼續入睡後，岳千靈乾脆拿出手機傳訊息給林尋。

糯米小麻花：『嗨，你睡了嗎？』

糯米小麻花：『我被你氣到睡不著（微笑）。』

傳出去後，她便丟開手機，強迫自己入睡。

冬夜寒風呼嘯不曾停歇，窗邊的樹枝無力地吱呀作響。

這樣的夜晚，岳千靈一直將睡未睡，直到天邊濛濛亮了，終於有了睡意。

然而這時候，她的鬧鐘在枕邊滴滴滴叫了起來，一下子將她從沉睡的邊緣拉回。

岳千靈的意識還未完全回籠，迷迷糊糊地掏出手機，便看到兩則未讀訊息。

校草：『？』

校草：『妳在發什麼瘋？』

竟然是淩晨四點半傳來的。

「你才發瘋。」

岳千靈碎碎念了一句，沒有回覆，睡眼惺忪地下了床。

站在洗手檯前洗了臉，正要刷牙，拿起牙刷那一瞬間突然反應過來——自己現在是待業大四生了欸！

她對著陽臺長舒一口氣，然後蹦跳回被窩。

正好印雪也慢吞吞地起床了，時不時弄出一些聲音，讓岳千靈沒辦法再入睡，索性又掏出手機。

看到林尋那幾則訊息，岳千靈想著回一下吧，便面無表情地打字。

糯米小麻花：『沒什麼，一個夢而已。』

糯米小麻花：『我已經氣過了。』

料想林尋這個時間肯定還在睡，所以她原本打算回了就切出去看看影片。

沒想到這人竟然秒回。

校草：『妳夢到我？』

岳千靈揉了揉頭髮，漫不經心地回覆：『對啊。』

這兩個字一傳出去，她突然覺得哪裡不對，立刻收回了。

可這個操作，好像會讓對方誤會更深。

校草：『？』

校草：『妳在心虛什麼？』

岳千靈：「……」

總不能說我夢見你跟我心上人搞在一起了吧。

糯米小麻花：『不是，我夢見你跟一個男人在一起了。』

校草：『所以妳就氣得睡不著？』

糯米小麻花：『？』

校草：『？』

好像更不對勁了？

再看一遍他們的對話，岳千靈竟一時間分不清到底是自己的話太有歧義還是對方想太多。

不管是哪一種，這對話再發展下去，林尋怕是以為她要跟他搞網戀了。

糯米小麻花：『你還真的信了。』

抬頭再次看了看時間，岳千靈問：『你怎麼起這麼早？』

校草：『工作。』

那還挺慘。

岳千靈沒再回他，發一下呆後便慢悠悠地下床洗漱。

陽臺外寒風凜冽，肉眼可見地將樹葉颳落。

宿舍裡迴盪著印雪的歌聲，岳千靈也跟著她有一句沒一句地哼著。

她這個人，情緒來得快，去得也快。

比如昨晚入睡前還傷心難過、輾轉反側。

可是一覺醒來，那些負面情緒早就消失得無影無蹤。

此刻，她刷著牙，盯著窗外細碎的雪粒，一遍遍地想自己一沒得罪顧尋；二沒做過傷天害理的事情；三，也是最重要的一點：她長得這麼好看，又不丟他的臉！

所以顧尋沒道理故意在外連和她「認識」都不願意承認。

那麼原因只有一個。

顧尋真的不記得她的名字了。

想想也是。

兩人八百年見不到一次，見面了最多不過點點頭，印象不深是很正常的事情。

對，就是這個原因。

只能是這個原因。

一想到這些，岳千靈就容易出神，在陽臺風口一站就是好幾分鐘，直到被吹得打了噴嚏才哆嗦著進了宿舍。

雖然不用工作了，但是畢業設計還壓在頭上。

繪畫是一項需要絕對投入的事情，岳千靈拿起畫筆的那一刻，便沒再看過手機。

直到中午下課鐘響，宿舍熱鬧了些，岳千靈緩緩回神，手機裡躺了幾則來自同事的未讀訊息。

黃婕：『千靈，醒了沒？』

黃婕：『妳的手套忘在公司了，我寄過去給妳？』

什麼手套？

我有戴手套去公司嗎？

岳千靈的視線又落到最後一行訊息。

黃婕：『或者妳自己來公司一趟？』

大雪天為了一副手套特地去趟公司……

岳千靈剛打出個「不」字，忽然一頓，想到什麼，刪掉這個字，重新打字。

糯米小麻花：『謝謝黃姐！我說怎麼找不到那副手套了，我自己去拿吧！』

以往岳千靈去ＨＣ上班時都是梳個丸子頭，穿著牛仔褲和球鞋，衣服怎麼舒服怎麼來，活生生把自己打扮得像個戰地女記者。

而此刻，她長髮披肩，化著精緻的妝，還在宿舍花了十分鐘翻出一整年沒穿過的過膝靴，走路帶風地出現在ＨＣ大樓一樓。

不像去上班，像去走秀。

正值午後，這棟辦公大樓依然忙碌擁擠，但即便陽光透過玻璃毫不吝嗇地灑進來，也無法驅趕來來往往人群身上的疲憊。

岳千靈以往也是這樣，打著哈欠買一杯咖啡上樓繼續工作。

但今天，她連髮絲都洋溢著興奮。

本就精緻明豔的五官不再被灰撲撲的衣服遮掩住光芒，踏進辦公大樓大廳，便吸引了不少目光。

岳千靈習慣性地直接朝諮詢臺右側的智能門禁閘門走去，三兩步站到閘門前，掏出門禁卡一刷。

閘門沒開，反而「滴滴滴」響起來了。

岳千靈收回手，看了一眼才發現她刷的是自己學校宿舍的門禁卡。

而這棟大樓的門禁卡已經在昨天辦理離職手續的時候歸還。

她只好去找保全登記來訪，低頭把門禁卡放回包裡時，有人與她擦肩而過。

像是感應到什麼，岳千靈一回頭，便看見一隻按在感應器上的手。

與此同時，「滴」的一聲想起，閘門開了，岳千靈的視線也落在顧尋臉上。

大廳燈光為他的輪廓渡上一層淺淡的金光，以致於岳千靈剎那間有點恍神，差點以為自己看錯了。

然而顧尋並沒有注意到一旁的岳千靈。

在閘門開後，他直接走進電梯間，片刻的功夫便消失在岳千靈的視線裡。

來不及思考其他，岳千靈立即轉身走向諮詢臺，潦草地登記了資料之後，保全幫她刷開門，她立刻朝電梯間走去。

雖是午後，這棟辦公大樓依然人來人往。

六個電梯分列兩旁，岳千靈大步走過去，目光一掃，在即將關門的那扇電梯裡看見了顧尋。

顧尋也正在看外面，兩人的視線相撞，緊接著，他突然抬手擋住電梯門。

岳千靈在原地愣了一下，在呼吸慢了一拍的促狹感中，一股喜悅感毫無由來地從她心底蔓延到全身，只用了不到一秒的時間。

她立刻小跑著進了電梯，站在他面前，呼吸還未平息，心底的漣漪已經翻湧似海。

岳千靈低著頭沒看他，害怕被他發現自己一看見他就挪不開眼，只能抿著唇，小聲地說：「謝謝。」

沒聽見他回應，岳千靈怕他沒聽到，稍微提高一點音量：「謝謝你啊……」

她悄悄看了他一眼就立刻收回視線，躊躇著要不要說出下面的話，會不會顯得矯情。

可是，兩人能搭上話的機會不多，她不想放過。

於是，電梯裡響起岳千靈輕柔的聲音。

「不過下次還是不要用手擋電梯了。」

「挺危險的。」

「我又不著急，等下一趟就行了。」

顧尋依然沒應聲，只是抬了抬眉梢，略帶疑惑的視線在岳千靈臉上下晃了晃。

然後幾不可聞地用鼻腔應了一聲。

那一聲輕到岳千靈分不清是「嗯」還是「哼」，只覺得他的回應拽得莫名其妙。

收回目光，卻看見他的手還擋著電梯門。

她終於感覺到哪裡不對，然後隨著顧尋的視線看出去。

一個戴著工作證的中年男人小跑進來，大步邁進電梯，擋在岳千靈面前。

他喘著氣，拍了拍顧尋的肩膀：「謝了啊，差點趕不上了，又要等下一趟。」

岳千靈：「……」

哦。

原來不是為她擋的電梯。

片刻後，顧尋才懶懶地應：「不用謝。」

不知道是不是錯覺，岳千靈感覺顧尋在說這三個字的時候瞥了她一眼，所以語氣也有那麼些許的，陰陽怪氣。

電梯門在岳千靈僵硬的注視下緩緩闔上。

無人在意的角落，她悄悄挪了兩步，連呼吸都收緊了。

救命。

救命啊！

這時電梯裡的人不算特別多，五、六個人分別站在岳千靈四周，在這密閉空間裡無限放大著她的尷尬。

她不再試圖跟顧尋說話，更不敢再看他一眼，甚至想去找個牢坐坐算了。

但正因為她如此緊張，全神貫注地試圖以後腦勺觀察顧尋有沒有在嘲笑她，所以後面那人和顧尋的對話一字不落地穿進她耳裡。

「今晚我們部門跟你們部門一起聚個餐，你要來啊，當作迎新。」

「嗯。」

對話就此結束，電梯也到了她要去的樓層。

岳千靈輕輕呼了一口氣，悄悄抬起眼睛，面前明亮的電梯門上倏然倒映出顧尋掠過的目光，嚇得岳千靈趕緊頭也不回地走了出去。

這時，電梯裡僅剩顧尋和剛剛那個中年男人。

其實他只是在岳千靈眼裡是中年男人而已，之所以這麼判斷，是因為他的頭髮快接近花白，人看起來也很滄桑。

只要他不說，沒人知道他才二十七歲。

「喂。」他用手肘戳了戳顧尋，「剛剛出電梯那女孩你知不知道？」

電梯門還未完全闔上，顧尋瞥見岳千靈僵硬離去的背影，撩了撩眼皮：「怎麼？」

男人叫易鴻，雖然剛入職第九事業部一年，但和顧尋已經認識四年。

他覺得自己作為前輩，有義務為新人介紹公司的一切情況。

「手遊事業部的，原畫師。」易鴻豎了個大拇指，「漂亮吧？在你來之前，是我們公司公認的唯一門面。」

「據說也是應屆畢業生，剛來的時候我們公司那叫一個轟動，好多開發成天往她桌上放零食，後來他們部門搬到獨立辦公室了，就不怎麼見得著了。」

「社群也有十幾萬粉絲，不過她好像發現有同事摸到她的社群了，就再也不更新了，唉這些人真是。」

「聽說過她一直想來我們事業部，不過她做乙女向遊戲的，你知道的，差距太大了，也不知道有沒有希望……」

易鴻正滔滔不絕地說著，卻突然聽到一聲淡淡的哈欠。

他的聲音戛然而止，緩緩抬眼，見顧尋斜靠著電梯壁，偏著頭，雙眼微闔，彷彿下一秒就要睡著。

這對易鴻來說簡直是認知衝擊。

「你他媽居然——」他不可置信地盯著顧尋，一字一句問道，「聽睏了？」

面對易鴻的質問，顧尋雖然沒說話，但那懶洋洋垂下來的眼瞼以及每一根睫毛都寫著「是的老子就是聽睏了你再說下去我能表演原地睡覺」。

正好電梯也到了二十四樓，門緩緩打開。

在易鴻啞然的片刻，顧尋直接邁腿，朝左邊茶水間轉去。

易鴻沒遇過這麼離譜的情況。

他愣了兩秒，連忙三兩步跟過去，看見顧尋在倒咖啡。

「不是，你還真的睏了啊？」易鴻仔細打量顧尋，發現他的雙眼看起來確實有點倦態，「你是不是昨晚沒睡好？怎麼看起來這麼沒精神？」

顧尋掀了掀眼，沒什麼語氣地說：「你試試看半夜被人吵醒會不會有精神。」

「我半夜不會被人吵醒。」易鴻信誓旦旦地說，「因為我半夜的時候沒有睡覺。」

顧尋不理他。

兩人出了茶水間，經過開發部門公共辦公區，有個人突然叫住顧尋。

那人戴著壓鼻樑的厚眼鏡，開發部的人都叫他 Map，小小的個子端端正正坐在電腦前，螢幕上掛著密密麻麻的 Ludum Dare 資訊頁面。

他抬了抬眼鏡，瞇眼睨著顧尋，「聽說你拿過 LD #30 的 Compo 第一名，我怎麼沒在名單上看見你的名字？」

顧尋停下腳步，回頭看了他的螢幕一眼。

Map 又說：「你今年才多大，LD #30 是二〇一四年舉行的，那時候你還在上高中吧？」

他上下瞄了顧尋一眼，語調變得陰陽怪氣：「你們高中都不用寫作業的哦？」

易鴻在旁邊一聽，不明意味地挑了挑眉。

Ludum Dare 是由 Geoff Howland 創辦的快速線上遊戲開發挑戰活動，無須組隊與趕赴會場的條件使得每屆都有全領域專家參與挑戰，其高自由度規則更是直接將難度拔高到普通人連報名的勇氣都沒有。

所以 Map 這麼問，話裡話外都在暗諷顧尋吹牛，其眼中更是閃著興奮的光，彷彿自己抓住他的小辮子，就等著戳破謊言後立即昭告天下。

憑什麼，一個應屆畢業大學生能來做主開發？

懷揣著這個想法的當然不止 Map 一個人。

四周的座位上果然陸陸續續有人抬起頭盯著這一邊。

而視線聚焦中心的顧尋本人好像還沒鬥贏睏意。

他漫不經心地瞥著 Map，兩步走到他身旁，手臂一伸，將咖啡放在他的滑鼠旁，彎下腰來。

Map 只覺得一股陰影突然籠罩而來，倏地一僵，就見顧尋側俯身握住他的滑鼠，滑動兩三下，游標選中「XUN LIN」幾個字母，然後直起身，俯視坐著的 Map。

「在讀高中，作業很多，當時叫林尋。」他偏了偏腦袋，不鹹不淡地問，「……您當時在？」

明亮的日光下，顧尋那雙狹長的眼睛斜著睨下來時，漫不經心的神態裡充斥著難以捕捉卻又四處縈繞的藐視感。

Map喉嚨突然一堵，定定地凝注著顧尋，卻吐不出半個字。

顧尋伸手撈起他喝了一半的咖啡，任由各種視線黏在他背上，一個眼神也沒給四周，直接穿過這條走道。

只有易鴻跟上去，搭著他的肩膀問：「你改過名啊？」

「嗯。」

易鴻覺得挺新奇，沒見過高中後還改名的人，「為什麼都那麼大了還改啊？」

不過顧尋不太想聊這個問題，他邊走邊喝了一大口咖啡，目不斜視望著前方通道，眉眼裡卻帶著幾分淡漠的淩厲。

「原來那個名字太普通了，配不上我。」

易鴻：「……」

易鴻自此閉了嘴，兩人無聲地並肩走著。

經過一扇沒有拉下捲簾的窗戶時，顧尋突然停下腳步。

下午的陽光透過玻璃窗大片大片地灑進來，照得窗邊綠植油亮亮的。

他慢悠悠地走過去，站在光束裡，瞇眼看著天邊幾縷奇形怪狀的雲。金燦燦的陽光在他臉上晃過，讓男人的輪廓也變得溫柔。

幾秒後，他突然拿出手機對著天邊拍了一張照。

十九樓，手遊事業部，一個無人的角落。

印雪：『哈哈哈哈哈，真的假的？』

印雪：『建議傳到論壇社死版。』

印雪：『我他媽要笑死了。』

岳千靈一出電梯就在宿舍群組裡瘋狂吐槽今天發生的事情，卻只得到嘲笑，並沒有得到任何安慰。

糯米小麻花：『我一回想剛剛的情形還會有頭皮發麻腳趾蜷縮的尷尬感妳還笑得出來，是想吃拳頭嗎？』

印雪：『妳要轉換一下角度看事情。』

印雪：『妳看，他才來第二天，妳們都遇到兩次了，要是沒辭職，豈不是每天都能見面？』

印雪：『說不定還能一起聚餐啊聯誼什麼的。』

印雪：『話說妳今天為什麼又去公司了？』

為什麼去公司？

不就是為了碰碰運氣看能不能遇到顧尋嗎！

岳千靈突然覺得印雪說的話像榔頭敲在她頭頂。

敲得她有些暈，思緒卻又更清晰。

是啊。

只要回來工作，她說不定每天上下班都會和顧尋坐同一班地鐵，還能有各種說話的理由，她豈不是有很多發揮的地步，還怕顧尋記不住她的名字？

跟顧尋比起來，公司那些大大小小的缺點又算得了什麼？

這簡直就是月老用手銬把他們銬在一起，她要是不抓住這個機會，那就叫狗咬丘比特，不識紅娘心。

思及此，岳千靈腦子裡哪裡還有什麼手套不手套的，掉頭就去按電梯。

但當電梯門在她面前打開時，她卻邁不動腿。

站在門口，她垂著腦袋，回想起自己當初八匹馬都拉不在的離職氣勢。

她抬手摸著自己的臉頰，感覺好疼。

短短幾秒，岳千靈心裡天人交戰得極其激烈。

直到門要自動關上了，岳千靈閉了閉眼，深吸一口氣，以一股「豁出去」的架勢大步跨了進去。

又回到這個封閉的小空間，岳千靈緊張又忐忑地盯著樓層數的變化，心裡盤算著要怎麼和公司的HR提出她想重新回來工作這個無理要求。

心神高度集中，以至於突然連續的手機震動把她嚇了一跳。

她忙不迭掏出手機。

校草：『（圖片）。』

校草：『妳看這雲。』

校草：『像不像我昨天搶走的那把M24。』

岳千靈：「……」

這傻子到現在還在炫耀呢。

她那股緊張感像被戳破的氣球一樣瞬間癟了，冷著臉，啪啪打字。

糯米小麻花：『像我今晚要用來打爆你狗頭的AWM。』

傳送出這一句，電梯也到了二十二樓。

這裡是公司的行政部門，人事處便在最外面的辦公區。

岳千靈不好意思大搖大擺走進去，只探了個腦袋進去掃視一圈。

行政的人沒有一線的工作人員那麼忙，這時大多都在午休，而和她比較熟的陳茵正在玩手機。

一切都很合岳千靈的心意。

她眼角帶著笑意，輕手輕腳地走過去，輕輕拍了拍陳茵的肩膀。

在陳茵驚詫的眼神中，岳千靈小聲說：「能不能出來一下？我有點事情想和妳聊。」

陳茵雖然不明所以，但還是拿著手機跟著她去了外面走廊。

「什麼事啊？妳忘了拿什麼東西？」

「沒有沒有。」兩人站在走廊落地窗前，大片陽光灑下，為岳千靈增添一些勇氣。

她沉了沉氣，一股腦說道：「我後悔了我想回來工作您看我還有機會嗎？」

陳茵沒有立刻回話。

她抱著雙臂打量岳千靈，嘴角掛著毫不意外的淺笑，眼裡卻又浮著一絲驚詫。

「怎麼，這麼快就想通了？」

岳千靈忙不迭點頭：「是我不識好歹，不明白公司有多好，我回去睡了一覺就想明白了。」

像岳千靈這種情況，陳茵毫不意外。

本來嘛，在遊戲行業哪家不是把人當機器用，大家都一樣累，誰還管夢想，能多拿點薪水才是最實在的。

應屆畢業生心智不堅定，最容易動搖，能這麼快想通也不算太理想化。

所以她也不打算追問，只是皺了皺眉頭說：「妳這種情況我們公司也不是沒有遇到過，只是沒有像妳一樣這麼快反悔的，我要先跟總監還有老闆說一聲，看看她們是什麼想法。」說著，她伸手拍了拍岳千靈的肩膀，「不過按照規定，離職三個月內重新入職是不能回到原來的部門的，這個妳能接受吧？」

不曾想岳千靈卻雙眼放光：「那我能去第九事業部嗎？」

陳茵面無表情地掉頭就走：「我去忙了，沒事常聯絡，有事別聯絡。」

「姐姐姐姐！」岳千靈趕緊拉住她，「我跟妳開玩笑的。」

其實岳千靈本來也不奢望能進第九事業部。

而不用回到原來的部門，這不更是她求之不得的事情嗎？

「我知道妳想去第九事業部，我們公司但凡有點追求的，誰不想去？」陳茵轉過身，偏著脖子看了看走廊盡頭走過的幾個男人，「不過有些事情妳要明白，在他們內部是有鄙視鏈存在的，就算老闆願意把妳調過去，他們也不會接受妳。」

岳千靈問：「什麼鄙視鏈？」

陳茵皺著臉，有些憐愛地看著岳千靈：「他們那些3A遊戲極度愛好者，妳知道的，都瞧不起手遊，認為不管是玩家還是開發，沒有任何技術含量。」

岳千靈頓時覺得心涼了半截，卻還是不死心地問：「那他們平時都不玩手遊的？」

「據我所知，他們都不玩，覺得影響審美。」陳茵想到什麼好笑的說法，抿著嘴笑道，「他們覺得搞手遊的就是貼保護膜的。」

岳千靈：「……」

他們覺得搞手遊的就是貼保護膜的。

貼保護膜的……

貼保護膜……

雖然這個說法岳千靈以前看電競比賽的時候就聽過。

但親耳聽到陳茵這麼直接說出第九事業部對她這種崗位的看法，或者說，是顧尋對她的看法……

原來顧尋看到她的時候，彷彿在看天橋下兢兢業業貼螢幕保護膜的小哥。

窒息。

岳千靈從來沒這麼窒息過。

「先不說了，馬上要開會了，妳先回去等訊息吧，有辦法了我打電話給妳。」

陳茵丟下這句話便走了。

而岳千靈還茫然地站在原地，好一陣子才慢吞吞地朝電梯間走去。

冬天的夜幕總是來得很早。

開發部的人向來沒有準時下班這個概念，晚上八、九點，辦公區還坐滿了人。

易鴻起身伸了個懶腰，看了眾人一眼，又坐回去，在群組裡叫著去吃飯。

這樣一來，大家默認算是下班了，陸陸續續有人開始收拾東西。

顧尋螢幕上的編譯器正在跑程式，等四周的人都起身了，他才俐落地關上電腦，拿起桌上的手機，和眾人一同出門。

電梯裡，易鴻拿著手機說：「今天不用排隊，我們直接過去。」

顧尋聞言，也掏出手機看了一眼。

訊息清單上，他和小麻花的對話還停留在『像我今晚要打爆你狗頭的ＡＷＭ』。

像我今晚要打爆你狗頭的ＡＷＭ。

我今晚要打爆你狗頭。

我今晚。

他關起螢幕，把手機放回包裡，回頭對易鴻道：「我不去吃飯了。」

易鴻猛然回頭：「為什麼？」

電梯門開，顧尋大步邁了出去，只丟下一句：「有人約我今晚打遊戲。」

岳千靈現在一聽到「打遊戲」三個字就會聯想到天橋底下貼螢幕保護膜的。

所以回到宿舍後，她不像往常那樣上各個遊戲打卡，而是專專心心地做畢設。

直到九點半，一通語音撥了過來。

岳千靈今天的心情本就差，接起來的時候語氣便不太好：「幹什麼？」

『怎麼不回訊息？』

一聽到這個聲音，岳千靈滿腔的憂鬱莫名消散了一大半。

她的語氣軟了下來：「沒看手機。」

『哦，上線。』

岳千靈撐著下巴，畫筆在電繪板上胡亂畫著：「不來了。」

『怎麼？』

岳千靈：「我不想每天像個貼膜的。」

『……』對面頓了片刻，『妳發什麼瘋？』

「你不覺得玩手遊很像……」岳千靈頓了頓，丟下畫筆，伸手拿耳機，「算了，看在你的面子上，貼膜就貼膜吧，上線。」

『嗯？看在我的面子上？』

「是啊。」岳千靈想到什麼，微微出神，把耳機攥在手裡輕微地摩擦，不知不覺地喃喃細語，「我有沒有說過你的聲音很像我喜歡的人。」

這一次，對面突然靜默。

好幾秒後，他的語氣不復剛才那般趾高氣昂，變得低啞，且有些沉悶。

『妳，有喜歡的人了？』

岳千靈不知道自己是不是聽錯了，她總覺得林尋問這句話的時候語氣不太對勁。

彷彿她有喜歡的人，是什麼不可思議的事情。

只是那一閃而過的情緒太過微妙，沒有給岳千靈細品的空間，手機聽筒裡又傳來涼颼颼的聲音。

『誰啊？這麼慘？』

岳千靈：「……」

她真的好久沒有聽見這麼挑釁的問題了。

「慘？」

「被我這種長得漂亮又有才華還能陪著一起打遊戲看球賽的女生喜歡，是他三輩子修來的福氣，懂嗎？」

『是嗎？』

對面的人哼笑一聲，依然帶著幾分譏笑。

『那妳為什麼還是單身？』

岳千靈：「……」

真是一個直戳靈魂的好問題。

好到岳千靈根本不知道怎麼回答。

長達三秒的沉默中，岳千靈在這場對話中已經完全處於下風。

而林尋卻慢悠悠地『哦』了一聲，尾音拉得很長，又陡然問道：『暗戀啊？』

那個「暗」字被他咬得極重，不偏不倚地戳到了岳千靈的痛點。

她倏地坐直了，不知道如何回話，慌張地眨了好幾下眼睛。

「我……」

轉念一想。

不對呀，她面對一個網友有什麼好心虛的？

「對啊。」岳千靈乾脆將手機放在桌上，開了擴音，昂著下巴說，「暗戀怎麼了？有什麼好驚奇的？你沒暗戀過人？」

『沒。』林尋答得很快。

岳千靈一時間沒反應過來，不知為什麼林尋也沒說話，這通電話就這麼陷入沉默。

片刻後，林尋才慢悠悠地繼續開口，語氣裡帶著他那特有的漫不經心，『我做不出暗戀這種事。』

雖然他的話裡沒帶髒字，但岳千靈還是感覺到他的蔑視。

彷彿暗戀是什麼見不得人的事。

算了。

跟他說這麼多幹什麼。

「你就吹牛吧。」岳千靈連上耳機，「還上不上線了？快點。」

對面直接掛斷語音電話。

莫名其妙。

岳千靈揉了揉脖子，回了印雪的訊息才登錄遊戲。

『只有我和你？』岳千靈打開旁邊好友列表，『小麥和駱駝怎麼沒上線？』

話音剛落，這兩人就一前一後上線了。

小麥依然是習慣性地忘了開麥克風，駱駝則上來就開口問道：『咦？林尋你怎麼上來了？不是說今晚公司聚餐？』

林尋鼻腔裡『嗯』了一聲，尾音甩得高高的，『被鴿了。』

『哇塞。』岳千靈接話道，『您是怎麼做到被人鴿了都說出一股鴿了別人的囂張的？』

駱駝笑呵呵地說：『他從小就是這模樣！』

岳千靈『咦』了一聲，『你們從小就認識嗎？』

駱駝說：『對啊，我們算是穿同一條褲子長大的。』

小麥終於開了麥克風，補充道：『住樓上樓下，以前晚上他爸媽怎麼罵他的我們家廚房都能聽清楚。』

『……』

林尋突然插話，『要不然我去單排，你們三位留下當聊天室？』

小麥一看，才發現自己還沒按下準備。

林尋冷著臉配對進出生島後就沒再說話，但岳千靈卻饒有興致地問：『那他從小到大有暗戀過女生嗎？』

話音一落，耳機裡出現詭異的沉默，只有飛機轟隆隆飛過雨林上空的聲音。

然後才是駱駝短促的笑聲。

在喧鬧的背景音中，岳千靈一頭霧水。

片刻後，駱駝問：『為什麼問這個啊？』

岳千靈：『剛剛我們聊天，他說他從來做不出暗戀這種事情，我覺得他在裝呢。』

『我還真的不知道，畢竟我比他大十幾歲呢，心事也不跟我講啊。』

駱駝轉頭就把問題拋給小麥，『小麥你知道嗎？』

『不知道啊。』小麥一本正經地回答，『不過確實從來沒見他跟哪個女生走得近，也從來沒聽他提過哪個女生……』

那還真的挺死宅的，可能確實做不出暗戀這種事情，愛情都獻給二次元老婆了吧。

正在岳千靈意興闌珊的時候，小麥又突然說：『不對！他最近倒是經常提到一個女生。』

岳千靈和駱駝頓時被勾起好奇心。

『嗯？』

『誰？』

小麥：『妳啊。』

岳千靈突然眨了眨眼睛：『我？』

小麥：『對啊，他說沒見過在遊戲裡一個人追著一隊人打的女生，妳是第一個。』

駱駝：『……』

岳千靈：『……』

『我謝謝你哦。』

她打了個哈欠，眼見已經跳傘落地了，趕緊脫離林尋的跟隨。

但又覺得哪裡不對。

身處八卦中心的林尋居然一直沒說話，也沒反駁，這可不像他。

正納悶著，林尋懶洋洋的聲音便響了起來。

『這位女士。』他慢悠悠的語調聽起來有點欠揍，『妳怎麼這麼關心我的感情生活啊？』

「……」

岳千靈的遊戲人物一下子停住不動了。

她皺眉盯著螢幕上站在她旁邊的那個人，彷彿看見好大一張臉。

就在她語塞的間隙，林尋似乎知道了什麼，有點驚訝地說：『該不會妳說妳暗戀的那個人……』

他頓了頓。

岳千靈已經知道他要說什麼了。

這個想法剛閃過，果然就聽他說：『是我吧？』

岳千靈：『……』

即便有心理準備，岳千靈也沒想到他能這麼坦然地說出這句話。

隊伍裡同時安靜了兩秒。

小麥：『蛤？什麼？』

駱駝：『小麻花妳暗戀他？妳怎麼這麼想不開啊？』

窗外夜空靜謐，月光如水，岳千靈卻感覺自己被雷劈了。

她深吸一口氣，沒說話，一轉頭便看見不遠處的地面上有個手榴彈。

她二話不說，撿起來就拉了線朝林尋所在的地方灌去。

『我以為你很富有，沒想到你這麼缺乏自知之明。』

『嘖。』林尋直接關了門，把地雷擋在外面，『開句玩笑。』

岳千靈冷笑著轉身，跳進一棟房子裡，嘴裡念念有詞。

『你那不叫開玩笑，叫往臉上貼金。』

耳機裡，林尋『嘶』了一聲，一口氣提起來，卻又不可置信地沉默。

隨後才呵笑了聲，連話都不想說。

岳千靈懷疑他是被氣笑的。

不僅他，連駱駝也笑了。

『想不到吧，你居然也有被這麼嫌棄的時候！』

林尋轉身跳到另一棟房子上，回頭看了岳千靈一眼。

『怎麼，妳暗戀的那個人很厲害？』

『你不要管。』岳千靈朝他反方向跑，鑽進一棟房子裡，說道，『總之你們除了聲音相似，其他沒一點像的地方，就不要強行詐騙了好嗎？』

『這麼癡情呢？』林尋突然從窗戶跳進來，站在她面前，堵著門不讓她走，『是妳同學？』

『你給我讓開！』岳千靈擠了一下，發現他紋絲不動，朝他揮了兩拳後跳出窗子，『美女的事情你少管，ＯＫ？』

出來打開背包一看，岳千靈發現自己光顧著和林尋說話，東西都沒怎麼搜，而這片地區已經被小麥和駱駝搜刮得差不多了。

於是她拿著一把沖鋒槍就往房區對面山坡上的野區跑去。

四處晃的時候，駱駝騎著一輛摩托車來載她，『走，我們去找輛車回來接他們。』

岳千靈看也沒什麼東西可撿了，便坐上了駱駝的摩托車。

『小麻花，妳真的有暗戀的人啊？』駱駝開著車無聊，便說道，『這個我太有經驗了，來跟我說說什麼情況，你們是同學嗎？認識多久了？』

這個隊伍裡，小麥靦腆，林尋不愛閒聊，所以平時都是岳千靈和駱駝在聊天。

說起來，駱駝才是和她最熟的，又有一種可靠大哥哥的感覺。

因此，她也願意和駱駝聊這種話題。

『算不上同學吧，同校的。』岳千靈想了想，『去年就認識了，一年多了。』

『那也挺久了。』駱駝嘿嘿笑了兩聲，『不過我跟妳說，妳完全沒必要暗戀，喜歡就去追，不試試怎麼知道……等等，他沒女朋友吧？』

『應該……』岳千靈不太有底氣地說，『沒有吧？』

她雖然看顧尋平時獨來獨往，還真的不知道他有沒有異地戀的女朋友。

若不是駱駝這麼問，她完全沒細想過這個問題。

突然，耳機裡響起一聲冷笑。

岳千靈不用看左上角的提示都知道是誰在冷笑。

岳千靈不理他，叫駱駝把車停在野區。

『我們在這裡搜搜看吧。』

駱駝停了車，乾笑兩聲：『那妳的情況有點複雜啊，萬一人家有女朋友……』

岳千靈垂著眼睛，沒說話。

駱駝：『小麻花妳看開點，再等等，畢竟愛情這東西……是吧。』

『有先來後到唄，我知道，我不做撬牆角那種事。』

說得好像她撬得動一樣。

說完，她不再繼續這個話題，跳進一棟房子。

運氣還算好，撿到了一把M762，而且一出來就看見一個人影從她面前跑過，躲到房子後面。

這一局是小麥主動請纓要帶領跳傘，結果飛偏了，一路上都沒遇到什麼人。

因而此時岳千靈一看到有人頭可以拿，立刻扛著槍，默不作聲地繞過房子，準備用她的猛男槍連掃——

然而她一梭子子彈還沒打出去，對面突然響起M24的聲音，直接爆了人頭。

岳千靈眼睜睜看著左下角彈出的擊殺公告，無語了半晌。

至於嗎？

隔著幾百公尺都搶她的人頭？

而且還用上了大狙？

『林尋你就這麼缺人頭？』岳千靈氣不過，補了幾槍，只拿到助攻，『而且是我先看到的！』

『怎麼？』林尋依然是那欠打的語氣，『愛情有先來後到，人頭可沒有。』

第三章　江城雪

任岳千靈巧舌如簧，此刻也想不出可以反駁這句話的理由。

但有道理歸有道理，心裡還是不爽的。

她輕嗤一聲，碎碎念地去舔包，心裡盤算著和林尋差了幾個人頭，遊戲的MVP她必須拿到。

然而這一局還沒結束，手機上方突然彈出一則新訊息。

岳千靈瞟了一眼，是她們小組的工作群組。

她「咦」了一聲，有點疑惑。

按理說她離職之後，組長肯定會立刻再拉一個沒有她的小群組才合理。

就算沒有拉，怎麼會在這個群組傳訊息？

她想了一下，決定趁遊戲還沒進入白熱化群架階段，切出去看一眼。

這一看，就看見和自己相關的訊息。

組長：『你們知不知道千靈要回來工作啊？』

岳千靈滿腦子問號，不懂這是什麼操作。

顯然其他人也不懂，紛紛傳來問號。

組長：『我今天去樓上拿發票的時候聽見老闆在說這個事情。』

群組裡沒人接話，但不妨礙她繼續說下去。

組長：『老闆發好大的火呢，說千靈當公司是菜市場想來就來想走就走啊？而且公司又不是非她不可，不能讓她這麼破壞規矩，不然還以為自己是什麼做出月業績好幾億的大咖呢。現在應屆畢業生就是沉不住氣，總想著一步登天，心比天高也要有那個能力啊。』

有個人接話了，但只傳了一串意味不明的『……』

而組長還在繼續。

組長：『當時陳茵聽得臉色一陣白，讓她以後別招這種人進來了。』

組長：『唉真可惜，本來馬上要出耶誕活動了，要是業績高，能拿很高一筆獎金呢。』

組長：『欸這些事情你們千萬別說出去啊。』

沒多久。

黃婕：『組長……妳是不是傳錯群組了？』

幾秒後。

組長：『哎呀我看錯了！』

組長：『@糯米小麻花，千靈不好意思啊，我剛剛說的可能誇張了，其實老闆的態度應該沒那麼生氣的，妳別放心上啊。』

以岳千靈對組長的瞭解，自然能看出她是故意傳錯群組，故意讓她看到的，說不定語言裡加油添醋不少。

所以不打算配合她完成表演。

但不理歸不理，組長敢這麼做，至少說明了老闆的態度。

涼了。

沒戲了。

正巧這時，手機上顯示陳茵的來電。

看著螢幕上跳動的畫面，岳千靈深吸一口氣才接起來。

耳機裡的女聲輕言細語：『喂，千靈啊。』

陳茵的聲音一出來，岳千靈整顆心就墜了一截。

陳茵的下一句便是：『妳可能沒辦法回來工作了，是這樣的……』

她的言辭非常委婉，絲毫不提老闆的態度，只說老闆讓她們按照規定辦事，試圖寬慰岳千靈的心。

岳千靈還剩那麼一絲不甘心，問道：「耶誕節活動馬上要出了，我之前畫的卡面還沒完成，妳知道玩家都挺吃我的畫風的……」

『我當然知道。』陳茵打斷她，『不過妳也清楚，我們老闆哪會在乎一個手游的原畫師？我覺得我也不好再跟她提了。』

好吧。

岳千靈把腦袋磕在桌子上，「我明白了，茵茵姐，麻煩妳了。」

掛了電話，岳千靈直接摘了耳機，把手機丟開，坐在書桌前，陷入沉思。

回不去就回不去，大不了她曲線救國！

那一區辦公大樓又不是只有HC互娛一家公司，如果她沒記錯的話，旁邊就是知名動畫公司。

再不行，附近還有線上AI教育公司在找畫手呢。

總之想要和顧尋出現在同一個行動圈，辦法總比困難多。

岳千靈說幹就幹，立刻打開電腦開始寫簡歷。

之前校招實習的簡歷還保留著，她沒費太多功夫，主要是把自己這段時間的實習經歷添加上去。

一個多小時後，岳千靈投了三份簡歷出去，才心滿意足地拿著手機躺上床。

然而她一滑開螢幕，便看見自己還在遊戲畫面，但顯示掉線，另外三個人均已退出遊戲。

岳千靈：「……」

她剛剛一忙起來，居然忘了自己還在遊戲中。

想著那三個隊友，她連忙切到群組想解釋一下，卻看見好幾個未接語音，以及四則未讀訊息。

校草：『在？』

校草：『被綁架了？』

與上面兩則間隔了幾分鐘。

校草：『你好，我是她的朋友，付你多少錢能放她出來打完這一局遊戲？』

校草：『打完你再把她綁回去也行。』

滿心的愧疚瞬間消散了一半，甚至還有點氣。

糯米小麻花：『沒有她你就不會打遊戲了？』

校草：『是。』

岳千靈：「……」

校草：『去做什麼了？』

糯米小麻花：『接了個電話。』

校草：『？』

糯米小麻花：『？』

校草：『我在訓練基地挨打，妳卻在煲電話粥？』

挨打？

都用了這個詞了，岳千靈便下意識以為他們三個這幾局真的很慘，連忙打開遊戲找到戰績頁面。

看見林尋的殺人數、傷害和分數，岳千靈感覺自己是腦子裡少了根筋，竟然會覺得他會挨打。

他不追著人家打就已經是對遊戲平衡最大的貢獻了。

糯米小麻花：『你什麼時候學會賣慘的？』

校草：『我賣什麼慘呢。』

校草：『我又沒有丟下妳去跟別人打電話。』

糯米小麻花：『工作！工作的事情當然比你重要！』

片刻後。

校草：『可以，接受這個理由。』

以前怎麼不覺得他這麼斤斤計較。

真的頭疼。

岳千靈抬頭一看時間，也不早了。

她切到四人的群組裡。

糯米小麻花：『不好意思剛剛接了個電話，大家還玩嗎？』

校草：『不來。』

糯米小麻花：『沒問你。』
小麥：『妳沒事就好，我明早還有課，要睡了。』
駱駝：『這麼晚了還有電話，男神啊？』
糯米小麻花：『我倒是想 QAQ！』
糯米小麻花：『但是我們還沒到那種程度。』
駱駝：『哈哈哈，他一定很帥吧？』
糯米小麻花：『超帥！髮絲都很帥，手也超好看！』
駱駝：『這麼帥啊，有照片嗎？』
糯米小麻花：『沒有 QAQ。』

另一棟學生宿舍。
熒然一燈下，男生靜謐的側臉被白光映得過分清冷。
書桌下的空間無法安放他的雙腿，他一隻腿蹬著桌腳，靠著椅背，雙手抱在胸前，眉頭微擰，垂眸盯著桌上的手機。

看見「沒有」兩個字，他扯著嘴角輕嗤了聲，放下腿，正要起身，室友蔣俊楠突然推門而入。

這一學期的課業早已結束，另外兩個室友去外地實習，除了顧尋外，僅剩蔣俊楠這個考研究所的人在進行最後的衝刺。

「我靠今天真的好冷啊。」蔣俊楠搓著手進來，衝到暖氣旁取暖，「還有幾天就解脫了媽的，來打遊戲嗎？」

顧尋將手機隨手扔到桌上，抬手打開電腦，冷冰冰地說：「上線。」

蔣俊楠憋了許久沒放鬆，今天一摸遊戲就停不下來，沉浸進去便渾然不知時間流逝。枯枝蕭瑟，天凝地閉，整座校園歸於安靜。

等兩人退出來，已是淩晨三點半。

蔣俊楠難得放肆也就罷了，只是沒想到顧尋一個要工作的人竟也玩到這麼晚。晚就算了，還全程暴力輸出，好幾次的操作把蔣俊楠驚得以為對面玩家搶過顧尋女朋友。

他思忖片刻，問道：「你被開除了？」

顧尋側頭睨他一眼，「弱者才睡覺。」

蔣俊楠立刻再次戴上耳機：「那再來一局。」

顧尋摘下耳機，連電腦都沒關，就往陽臺走去。

門一開，室內立刻湧入一股冷風。

蔣俊楠抱了抱雙臂，半靠著椅子，回頭看他：「喂，顧尋，你今天是不是心情不好？」

顧尋在洗手檯前洗手，漫不經心地說：「心情好得很，不然能陪你打遊戲到現在？」

一到年底，天氣雖然越來越冷，但臨近考試，各年級都已經結束課程，學校裡圖書館隨時人滿為患。

小麥考試，駱駝出差，兩人自然沒什麼時間打遊戲。

奇怪的是，林尋這種閒人居然也神隱了，好幾天沒動靜。

沒有人每天找她上線，岳千靈便安安心心地在宿舍裡做了幾天畢業設計。

桌前檯燈光暈映在她的臉上，纖長的睫毛在下眼瞼處投射出淡淡的陰影。

她撐著下巴，隨手滑了滑手機，看見以前同一個組的同事都在動態上傳了耶誕節活動預告PV。

岳千靈自從進入HC互娛，就一直在乙女遊戲組。

她那時候運氣好，碰上這個組剛成立，正缺人手，所以她一個實習生才有機會擔任其中兩個男主角的原畫師。

自遊戲推出，那兩個男主角的人氣一直居高不下，斷層式碾壓另外三個男主角。

這其中當然有文案編劇不小的功勞，但岳千靈對人物細節的刻畫，亦是獲得玩家喜愛的關鍵因素。

對比起來，組長所負責的另外兩個男主角便顯得千篇一律了。

時至今日，岳千靈看見新的預告PV，有一種離異母親去前夫那裡看兒子的感覺。

第一個上傳預告PV的就是組長。

岳千靈點了進去，只看了兩眼，便皺著眉頭退了出來。

幾度打字想問問是誰接手了那兩個男主角的卡面原畫，但想了想，她還是忍住衝動。

但這不代表其他人看不出來，畢竟美術風格和氣氛基調差了那麼多。

沒多久，就有朋友私訊岳千靈了。

這位是岳千靈的大學同學，因為曾經看見岳千靈的社群動態宣傳過這個遊戲便下載來玩，半年時間已經氪了不少金。

她的話題也非常開門見山，直接問岳千靈男主角是不是換畫師了。

糯米小麻花：『？？？』

糯米小麻花：『你們怎麼這麼敏銳？』

小婉：『拜託，這可是我老公，他眉毛少根毛我都看得出來。』
小婉：『妳怎麼不畫了啊？』
糯米小麻花：『我離職了啊。』
小婉：『這樣啊，那這是誰畫的？也太醜了吧！』
小婉：『我老公的笑容什麼時候這麼邪魅狷狂了？』
小婉：『還有這褲子，露出內褲標誌是想幹什麼？』
小婉：『氣死我了！就這臉，我都不想花錢抽卡了！並不想接到他的電話！我怕油到我！』
小婉這麼生氣，也不知道其他玩家是什麼想法。
岳千靈目光一轉，打開遊戲的官方社群。
不出所料，最新發表的活動預告PV貼文留言區已經淪陷，話題論壇自然也不能倖免。
這兩個人物從概念圖之後就是岳千靈接手了，如今看他們挨罵，岳千靈心裡還挺不是滋味的。
可惜現在她也管不了了。
打了個哈欠，岳千靈繼續做她的畢業設計。
不過沒多久，居然有人主動來找她了。

黃婕：『千靈，妳看過今天的預告PV了嗎？』

岳千靈想了想，沒說實話。

糯米小麻花：『還沒看，怎麼啦？』

黃婕：『唉，妳不知道，妳原來畫的男主角人氣最高嘛，妳走之後組長接手了，結果今天PV一出來，玩家都炸開了，非常不滿意呢。』

黃婕：『現在組長開會跟我們發脾氣呢。』

黃婕：『真是的，關我們什麼事啊？』

黃婕：『又不是我們畫的！』

岳千靈：「……」

這她是沒想到的。

黃婕：『要是這個月業績達不到目標，我們就慘了。』

黃婕：『要是妳沒走就好了，唉。』

黃婕：『悄悄問一句，妳願意接外包嗎？』

岳千靈：「……」

她無語了好一陣子，才打了兩個字回去。

糯米小麻花：『不接，最近忙著做畢設呢。』

雖然外包這點卡面對她來說其實花不了太多精力，還能掙一筆不小的錢。可是，想到老闆說的話，以及組長曾經做的事情，她才不要丟這個臉。就讓組長煩惱吧。

黃婕：『那只好組長自己再改改了，反正我們是幫不上忙的。』

改？

岳千靈等著看這組長能改出個什麼東西。

第二天早上，因為是週末，岳千靈和印雪都睡了懶覺。

等她睜眼，已經日上三杆，手機裡還有幾則未讀訊息。

小婉：『HC是想關服了吧？』

小婉：『媽的氣死我了！』

岳千靈迷迷糊糊地問了一句發生什麼了，順便起床開了一盞燈。

小婉的怒氣快要衝破手機螢幕直逼岳千靈而來。

小婉：『妳居然不知道？』

小婉：『妳直接去社群上看！』

岳千靈依她的話打開遊戲論壇，這一看，直接把她看清醒了。

事情是這樣的。

這款乙女遊戲自上市後，雖然算不上現象級大紅遊戲，但月業績一直很可觀。

玩家作為金主爸爸，有不滿意的地方，遊戲公司自然要調整。

於是專案組連夜修改了兩位男主角的卡面，並且發了道歉文以及更新卡面圖。

這樣一來，老公還是那個熟悉的老公，遊戲玩家還算滿意，怒火總算被平息。

可是沒多久，有人用ＰＳ對比了此次卡面與以往卡面，做了疊圖出來。

這根本就是只換了衣服和背景，男主角的臉直接用了舊的！

這下子，玩家的怒火徹底被點燃，別說耶誕氪金了，很多氪金大佬聯合聲明要罷氪，戳中了遊戲的命門。

至於小婉為什麼直接來找岳千靈。

因為連小婉都看出來了，這次卡面複製的人物臉部，是岳千靈中秋節畫的活動卡面。

這破組長真的再一次打破了岳千靈的認知。

她甚至不知道，到底是組長傻，還是組長以為玩家傻？

嘖嘖稱奇了半天，岳千靈搖著頭放下手機，感慨著林子大了真的什麼鳥都有。

就在這時，她的手機螢幕突然亮了起來。

陳茵來電。

岳千靈心神一凝，立刻點了接聽鍵。

對方可能沒想到岳千靈會秒接，說話聲直接傳了出來：『老闆真是想一齣是一齣的！這種難為情的事情全叫我做！』

說完，意識到電話已接通，她愣了兩秒，隨即溫柔的聲音傳了出來。

『千靈啊，睡醒了嗎？姐姐有點事找妳呢。』

下午兩點。

雖然豔陽高照，氣溫卻比昨天還低了幾度。

風刀霜劍，路上行人各個縮著脖子埋著腦袋，邁著沉重不堪的腳步迎風而行。

岳千靈大概是唯一腳步輕快的人，她拎著一個小袋子，裡面裝著數位畫板、水杯和一些辦公用的小東西，站在ＨＣ互娛大樓前，仰頭望著這棟辦公大樓，臉上彷彿寫了五個字——「爺又回來了！」

因為不是上班時間，電梯裡空無一人。

岳千靈對著鏡面仔細整理著頭髮，確認自己的打扮一絲不苟且足夠好看，才踏出電梯門。

手遊事業部的人大多都知道了昨天的事，所以看見岳千靈回來也不驚訝，只是或多或少會多打量幾眼。

公司裡向來沒有包得住火的紙，更何況這種荒誕又好笑的八卦，早在岳千靈坐地鐵的時候就已經悄然在各大群組裡傳開了。

也不知道是誰把組長當初傳在群組裡的話截圖傳了出去，現在幾乎全公司的人都知道了，前頭岳千靈後悔了還是想回來工作，老闆在人事部把話說得很絕，只差把岳千靈貶得一文不值了。

結果今天早上遊戲氪佬要集體罷氪，老闆立刻忘了自己之前說過的話，叫人事部打電話給岳千靈。

看人資半天說不清楚事情，老闆還自己搶了電話一頓嘮叨。

甚至連一天都等不及，馬上把人叫回來了。

此刻，專案小組的人看見岳千靈回來，都如釋重負。

還有不到三天的時間就是耶誕節了，要是這次活動卡面的事件不解決，她們輕則丟了獎金，重則遊戲涼涼，直接連工作都沒了。

所以這時時岳千靈一來，他們立刻叫她趕緊開始重畫卡面。

對，老闆說了，這次直接重畫。

但是岳千靈卻留了個心眼，卡面的事情不著急，她要先把入職手續辦了。

「組長。」岳千靈拿著流程單，走到她的座位旁邊，「我馬上去辦理入職程序，您先把需求檔案傳給我。」

小組裡其他幾個人瞄了這邊一眼，互相使了眼色，什麼都沒說便坐了回去。

要說這次翻車事件，真正下油鍋的人其實是組長。

當初岳千靈一走，組長直接把她手裡的男主角任務接了過來，還假惺惺地說：「唉說走就走了，這些任務又落在我頭上，真頭疼。」

然後反手就把自己原先負責的場景原畫任務交給別人。

其實大家心裡都明白，負責這種人氣主角，雖然不至於多加點薪水，但說出去總是面上有光的。

畢竟每次開會盤點角色人氣這些事情，負責高人氣角色的畫師都處於重要位子。

所以當初岳千靈辭職，她一直沒說出去，怕是早就盼著接手這個香餑餑了。

但誰又能料到這事會翻這麼大的車。

畫出來的水準不好，並不可怕。

可怕的是有對比，還是被實習生慘烈對比。

這下子原本有些眼紅組長接手高人氣角色的人都開始慶幸自己沒去搶這活，甚至還有些幸災樂禍。

不過組長畢竟是混了好幾年的人，面對這點尷尬的應付能力還是有的。

只見一直埋頭於電腦前的組長終於抬頭，皮笑肉不笑地點了點頭。

「哦好，我馬上傳給妳。」

隨即她又一邊擺弄滑鼠，一邊以吐槽的口吻說道：「現在的玩家真是太難伺候了，只是風格變化大了點，反應就這麼大，唉，誰叫玩家就是上帝呢，還要麻煩妳回來一趟了。」

「不麻煩，我漲薪水了。」岳千靈笑著說，「不過這次的卡面可不是風格問題，真的太醜了，是誰畫的呀？該不會是隨便找了個外包吧？」

組長打字的手一僵，目光訕訕，半晌才吐出一句話。

「我、我畫的呀，哎喲我最近真的太忙了，妳一走我又要收拾爛攤子，哪有那麼多精力呀，就隨便畫了畫，沒想到玩家們還只認妳的畫風。」

「啊原來是您畫的！」

岳千靈撐在桌前，拿紙捂住半張臉，「我剛剛的話不是那個意思，您別放在心上啊。」

說完，她轉頭揚長而去。

擁擠的辦公區內，空留一室尷尬。

沒有一個人吭聲，但組長像是聽見所有人的笑聲，不知不覺憋紅了臉。

她倏地拍了一下桌子，說道：「週報趕緊交！」

另一邊。

岳千靈從善如流地辦理著入職程序，正朝財務部走去。

她消沉了好幾天，以為自己不可能再回來。

誰知一夜之間，峰迴路轉，還在組長面前狠狠出了一口惡氣。

要不是環境不允許，她甚至想原地跳兩下。

辦理薪資轉帳戶頭的時候，財務部的人看她笑盈盈地，便說道：「心情這麼好啊？」

「當然啦。」岳千靈笑瞇了眼，「又能看見妳們這些美女，怎麼會不高興？」

財務的人被逗得咯咯笑，態度比平時好了幾倍。

拿了辦好的各種卡，岳千靈正準備走，聽見旁邊一個女生抱怨：「第九事業部的人又貼錯發票了！」

岳千靈耳朵靈敏，抓住了「第九事業部」這個關鍵字，停下腳步。

那個女生拿著一堆單子不情不願地走出來，嘴裡還在碎碎念：「他們脾氣多大呀，等一下又要給我臉色看。」

岳千靈看了她兩眼，心思一動，便上前說：「姐姐，妳要把這些東西送去第九事業部呀？」

女生點頭道，「是呀，怎麼了？」

「正好我也要過去。」岳千靈朝她伸手，「要不然我幫妳吧，免得妳再跑一趟。」

那女生只是疑惑地看了岳千靈一眼，心想有人跑這個腿自然是好的，她才懶得去想岳千靈為什麼「正好要過去」。

「那麻煩妳了，交給主策劃就好，告訴他們這個發票貼錯了，要重貼。」她立刻把一堆發票單子塞給岳千靈，還不忘誇兩句，「妳長得這麼漂亮，他們肯定對妳溫言細語的。」

岳千靈一聽，瞬間更有信心了。

「那我去啦！」

這是岳千靈第一次來第九事業部，不知為何，有點緊張，還有點好奇。

一進去便不動聲色地四處打量，確定視線之內沒有顧尋之後，才放鬆了腳步。

不知是不是位於頂樓的原因，她感覺這裡的採光比其他樓層強一些。

每個人的桌子上都凌亂不堪，擺著各種精密的模型，一面牆上還投影著一把狙擊槍的原畫三視圖。

員工們七倒八歪地坐著站著、跑來跑去，三五成群聚在一起，完全沒有秩序可言，甚至還有好幾個人圍在一起打遊戲。

很明顯，第九事業部跟手遊部門比起來，更吵鬧，更扁平化，四處鬧鬧嚷嚷的，但卻充滿生機。

情懷感撲面而來，充斥在每一方空氣裡，很難讓人相信這和她們以業績定生死的專案屬於同一家公司。

踏進這裡，彷彿踏進一個烏托邦。

她看了好一陣子，終於想起自己的任務，於是隨便找了個人問：「請問你們的主策劃在哪呀？」

那人都沒回頭看她一眼，直接抬手指了個方向：「那個胖子就是。」

岳千靈順著他指的方向看過去，那邊確實站著一個比較胖的人，正在口沫橫飛地打電話。

岳千靈道了聲謝便朝那邊走過去。

她站在後面，等那人掛了電話，才開口道：「您好——」

然而她的下文還沒出來，那人便擰著眉不耐煩地揮了揮手，「我不好！我煩著呢，去旁邊。」

岳千靈：「……」

她明白為什麼財務部的人這麼排斥過來了。

眼看著那人轉頭就要走，岳千靈連忙拉住他：「您好，這是財務部返回來的發票。發票是錯的，要重貼。」

那人看都沒看發票一眼，粗暴地掙脫岳千靈的手，半吼道：「什麼東西這麼麻煩，有問題她們直接重貼不就得了？領薪水不幹活啊？快讓開讓開！別煩我！」

哪來這麼不講道理的人？還真以為自己是天王老子了？

岳千靈一口火氣冒了上來，雙眼一凜，罵人的話就要脫口而出——

餘光一瞥，一道熟悉的身影走了過來。

心跳頻率突變，到了嘴邊的話忽然變成了：「您不要這麼凶嘛——」

「……」

策劃聽見溫柔又嬌滴滴的聲音，腦子裡一激靈，茫然地回過頭。

就見岳千靈眨著大眼睛，可憐兮兮地望著他。

這道聲音不輕不重地飄遠，傳到顧尋耳裡。

那聲線輕輕撥動著腦海裡的某根弦，顫出一陣熟悉的漣漪，悄然間抓住他的注意力。

有那麼一瞬間，顧尋以為是那個人在說話。

然而待他停下腳步，轉頭看了過去，卻聽見——

「打擾到您工作我也很抱歉，可是……」

岳千靈瞥見顧尋越走越近，聲音也放得越發軟，咬了咬嘴唇，繼續說道，「這個發票日期弄錯了，只能麻煩您重新弄一下，好不好嘛？」

沒有男人能抵抗美女撒嬌。

岳千靈眼前的策劃果然放緩了臉色，「哦，那妳拿給我看看。」

岳千靈再次悄悄看了顧尋一眼，見他果然還在看這邊，便再接再厲地擺出一副柔弱的樣子，眨了眨眼睛，「您真是太好了，不然我都不知道要怎麼回去交差呢。」

顧尋：「……」

聽到這裡，他終是皺了皺眉，輕「嘖」一聲，轉頭往稍遠的方向繞了過去。

而策劃見女生這麼撒嬌，再大的脾氣也沒了，和顏悅色地說：「多大點事，拿來拿來，我等一下就弄。」

岳千靈望著顧尋離開的方向，淺淺吁了一口氣。

好險，小仙女人設差點就崩了。

辦好差事，岳千靈高高興興地回了手遊事業部。

由於活動逼近，大家都挺忙的，岳千靈也樂得耳根子清靜，坐下來便開始畫線稿。

其實這次她臨危受命，任務還挺重的。

原定聖誕活動在二十二號開閣，如今她只剩下不到三天的時間，她要重新畫兩個卡面，如果不符合需求，還要修改。

天際陰沉，微弱的日頭不知什麼時候隱到了濃雲之後。

岳千靈處理好線稿，抬起頭來，窗外已被夜色籠罩，而辦公室裡大多數人還沒走。

不過她必須回學校了，不然又要跟宿管阿姨拜託半天才能進門。

收拾好東西後，岳千靈輕手輕腳地離開公司。

走到樓下，她心思一動，轉身抬頭看。

頂樓的第九事業部依然燈火通明。

他們應該更忙吧，不知道什麼時候才會休息。

正想著，大樓大廳電梯的門一開，明亮的燈光下，顧尋正闊步而來。

兩人的目光穿過來來往往的人流，遙遙相撞。

岳千靈陡然收緊了呼吸，直勾勾地盯著他看。

所以她的選擇沒有錯。

留在這裡，真的會有各種意想不到的相遇機會。

比如這一刻，顧尋正朝著她站的方向走來。

距離越近，岳千靈就越緊張。

短短幾秒鐘，她的腦子裡已經演練過好幾種打招呼的方式。

彷彿只是一剎那，顧尋與她便只有一步之遙。

那就問他要不要一起回學校吧。

岳千靈握了握拳，不動聲色地調整表情，正要說話，沒想到顧尋先於她開口。

「妳不是離職了嗎？」

他垂眸看著她。

岳千靈抿著唇角笑了笑，一時間不知道怎麼回答。

在她卡住的瞬間，顧尋的下一句話已經脫口而出：「怎麼還沒走？」

岳千靈：「……」

你媽的。

你這語氣是認真的嗎？

岳千靈笑意僵硬，化作嘴角尷尬的弧度。

她抿著唇，一字一句道：「沒走成，又被叫回來繼續工作了呢。」

顧尋掀了掀眼。

岳千靈以為他要說什麼，卻只聽見他丟下一句毫無情緒的「哦」，隨即越過她離去。

「……」

今晚似乎格外冷一些。

顧尋直接去公司旁邊一家餐廳吃晚飯。

夜裡的餐廳已經快要打烊，店裡沒坐幾個人，服務生懶散地靠在吧檯偷懶。

餐剛上來，桌邊的手機便響了起來。

顧尋看了來電顯示一眼，撈起來接通，另一隻手拿起筷子。

「什麼事？」

『沒事就不能找你？』

電話那頭，駱駝剛出海關，四周吵鬧不堪，『我剛下飛機呢，過幾天又要去江城出差，來接待嗎？』

顧尋想也沒想就說：「沒空。」

『你們這麼忙啊？』駱駝想了想，又說，『不對，你忙個屁，我早上還聽小麥說你前幾天又把 COD5 打了一遍。』

說到這，駱駝想起什麼，問道：『最近怎麼又回去打單機了，前段時間不是說吃雞挺有意思的嗎？』

「一個破手遊圖新鮮夠了。」顧尋喝了一口涼水，「我吃飯，先掛了。」

『等一下！』駱駝攔住他掛電話的趨勢，『你最近不對勁啊。』

「什麼不對勁？」

『你跟小麻花鬧彆扭啊？』

顧尋撩了撩眼皮，沒什麼語氣，「我跟她鬧什麼彆扭。」

『自從知道她有暗戀對象後你明顯不爽啊。』

駱駝雖然比顧尋大七、八歲，但從小一起長大，又是心思細膩的人，身邊人的情緒變化都逃不過他的眼睛。

他早就覺得這事不對勁了。

顧尋是玩3A遊戲長大的人，向來看不上粗製濫造的手遊，之所以會下載手遊，還是因為那段時間駱駝動了個小手術，養病無聊，陪他玩一下。

幾個月過去，他還在玩，駱駝還以為這人轉性了。

但這幾天他閒著沒事一琢磨，回想這段時間顧尋在遊戲裡的所作所為，終於醍醐灌頂。

他清晰又篤定地說：『你有點喜歡她吧？』

通話沉寂了片刻。

顧尋端著水杯的手頓了一下，冰水裡映著他倏忽的目光，餐廳裡的雜音突然飄得很遠。

隨後，他的聲音裡終於有了點情緒。

「我會喜歡一個連面都沒見過的女生？」

『……』

駱駝啞口無言。

好像……也對。

掛了電話，顧尋吃了兩口，突然聽到外面一陣喧嘩。

他抬起頭一看，霓虹光束下，片片雪花肆意張揚地飛舞著。

江城是一座常年不見雪的城市，更何況這樣的鵝毛大雪。

亂瓊碎玉簌簌落下，藏匿了一整個冬天的浪漫都被這場雪喚醒。

這座城市沸騰了，似乎所有人都在慶祝初雪的降臨。

等岳千靈下了地鐵，這場雪下得越發大了。

她興奮地站在地鐵站出口，和許多發現這個驚喜的人一樣，第一個反應是拿出手機上傳動態。

只有三個字。

──『下雪了！』

沒多久，手機開始頻繁震動。

她看了手機一眼，突然驚詫地停住腳步。

岳千靈的爸媽傳訊息讓她注意保暖，朋友問她耶誕節去哪玩，這些都不奇怪。

奇怪的是——那個好幾天沒出現的人，居然莫名其妙地傳了一則訊息給她。

校草：『妳在江城？』

岳千靈跟林尋認識這麼久，從來沒有流露出要瞭解對方真實生活的意願。

在她眼裡，遊戲網友是非常遙遠的存在，與自己的生活沒有一絲關係。

所以突然看見他問這個，有一種網路與現實的隔閡被陡然打破的感覺，岳千靈腦子裡一瞬間閃過很多想法。

他怎麼知道？

難道他也在江城？

他知道我是誰？

不僅驚詫，還有一絲莫名的緊張，以至於岳千靈站在地鐵站出口伸出手快速打字回覆。

糯米小麻花：『你怎麼知道？』

等待回覆的間隙，她還神經質地打量了四周的人群一圈。

彷彿林尋就在其中看著她一樣。

隔了好幾分鐘，對面才回覆。

校草：『江城下雪上網路新聞了。』

原來是這樣。

岳千靈竟有一種鬆了口氣的感覺。

糯米小麻花：『嚇我一跳。』

校草：『？』

校草：『妳嚇什麼？』

落雪肆意，風裡涼意加倍，路口正好亮起綠燈，岳千靈被人潮裹挾著往前走，便沒有馬上回訊息。

等她過了馬路，走進學校大門到了安全的人行道，才再次拿出手機。

嚇什麼呢？

其實她也不知道，就是覺得這種感覺挺奇怪的。

糯米小麻花：『以為你跟我在同一個城市啊。』

校草：『那不該是妳的榮幸？』

糯米小麻花：『給你一個收回的機會。』

他不理。

岳千靈朝手心呵了口氣，繼續打字。

糯米小麻花：『你這幾天忙什麼呢？』

校草：『工作。』

糯米小麻花：『哦。』

聊天畫面停在這裡。

岳千靈盯著螢幕看了幾秒，感覺他不會再回了，於是準備把手機放進包裡。

這時，聊天框又彈出兩個字。

校草：『妳呢？』

糯米小麻花：『工作啊。』

她想了想，補充了幾個字。

糯米小麻花：『我找到新工作了。』

校草：『這樣啊，我以為妳忙著約會呢。』

岳千靈翻了個白眼。

這人真是哪壺不開提哪壺。

糯米小麻花：『怎麼可能，不是跟你說了是暗戀？』

校草：『也對。』

岳千靈：「……」

她怎麼從這兩個字裡感覺到一股幸災樂禍的味道。

校草：『那。』

校草：『一起去雨林挨打嗎？』

這麼晚了……

岳千靈抬頭看了漫天飛舞的雪花一眼，嘆了口氣。

她到現在還沒成為名利雙收的大大，大概就是因為不夠自律吧。

糯米小麻花：『那。』

糯米小麻花：『就一下下啊。』

把手機放進包裡後，岳千靈一路小跑，終於回到寢室，寒風被隔絕在外，溫熱的暖風撲面而來。

她脫了外套，拿上耳機便坐到書桌前。

印雪正好從洗手間出來，不可置信地看著她：「下雪了欸！妳還在這裡打遊戲？不下去拍照？」

「黑乎乎的拍什麼啊？」岳千靈正在登錄遊戲，頭也不回，「人都凍傻了。」

印雪嫌惡地走開，嘴裡念念有詞，「就妳這德性，怪不得妳單身。」

這時岳千靈剛好被林尋拉進隊伍，印雪的話便一字不差地傳進了語音裡。

但岳千靈渾然不知，還回頭嗆了印雪一句，「我靠臉就夠了知道嗎。」

印雪：「那妳倒是去刷臉啊！我都替妳著急！」

「急什麼。」岳千靈笑咪咪地說，「我們都是同事了，以後一起上下班不就是天天都有刷臉的機會了嗎？說不定還會一起聚餐之類的。」

「說的也是，如果這樣妳都搞不到他，那他可能真的不喜歡女人。」

印雪說完便爬上床鑽進被窩。

岳千靈這才轉頭看遊戲畫面一眼，發現左上角是雙排標誌。

『只有我們？小麥和駱駝不來嗎？』

『他們那麼忙，又不是人人都能隨時陪妳打遊戲。』

岳千靈皺了皺眉，嘀咕道：『說得好像是我求著你似的，明明是你很久沒找我打遊戲了好不好？』

『嗯。』他說，『所以我不找妳妳就不找我？』

「……」

岳千靈不明白這個人，是怎麼做到如此理不直氣也壯的！

她不想說話，直到跳傘才又開口。

『左邊有一隊，注意注意。』

沒了小麥和駱駝這兩個拖油瓶，他們搭配的都是高端玩家，跳的又是訓練基地，岳千靈便比平時謹慎幾分，不敢浪了，一落地就開始找裝備。

但是耳邊的腳步聲接踵而至，聽起來不像只落了一隊人。

『是不是還有人啊？』岳千靈只有一個頭盔和一把槍，小心翼翼地走到角落裡藏著，『怎麼聽起來至少有兩三隊？』

林尋很敷衍地『嗯』了一聲，『或許吧。』

岳千靈從窗戶旁找了個角度往外面看，果然發現兩個人在對面的房子裡跳來跳去。

她緊張到不行，正想找個機會溜出去偷襲，偏偏這時，林尋從窗子跳進來，在她面前晃了晃。

『所以妳換工作是為了追人？』

岳千靈現在哪有心思跟他聊這個，扛著槍繞開，結果一出門就遇到一隊人。

他們提槍就開幹，岳千靈在一陣鞭炮似的槍聲中大叫：『啊啊啊啊救命啊！』

這麼近的距離，岳千靈根本幹不過人家的步槍，沒幾秒就被擊倒。

然而就在她以為自己這局註定落地成盒的時，林尋不知道什麼時候從樓頂跳了下來。

岳千靈連他的身影都還沒看清楚，其中一人就在她面前倒地，另一個見勢不妙立刻繞到圍牆後面打算跑。

沒想到林尋提槍追了出去，沒兩步就把正在逃跑的那人爆了頭。

危險暫時解除，岳千靈鬆了一口氣，正想說什麼，就聽到公共頻道裡，被追著打的那人吼道：『我靠你連隊友都不扶來打我，你強！』

岳千靈在心裡瘋狂點頭，『就是，萬一這個時候有其他隊伍的過來撿漏，我豈不是一槍就沒了！』

『怕什麼。』林尋蹲下來扶岳千靈，慢悠悠地說，『妳永遠可以相信我。』

『靠。』一聽這話，頻道裡那人退出這局之前說道，『算我倒楣惹上帶妹的！』

林尋沒開公共頻道，什麼都沒聽到。

至於岳千靈，她聽到這話很不服。

她的電子競技生涯，最恨別人說她是被帶的妹！

於是她立刻打開麥克風，不服氣地說：『你說誰帶妹？你留下遊戲ＩＤ我們比比ＫＤ啊！』

可惜那人早就走了，根本沒聽見她說的話。

她只好躲到一旁打繃帶，調換視角到處看，同時還忍不住碎碎念：『拿著步槍被我一把噴子打掉半管血，還好意思幫自己挽尊嚴，要不是不能 solo，不然我打得他滿地叫爸爸。還有一隊人呢？不會是在陰我們吧？』

說完，她站起來舔了那兩個人的盒子，然後跳下樓去別的地方。

而林尋在離她一百公尺外的房子裡，突然說道：『妳還沒回答我剛剛的問題。』

岳千靈想了半天，才回憶起他問了什麼——換工作就是為了追人？

『不然呢？難道是為了夢想？』

林尋笑了一下：『妳那個心上人知道妳打遊戲的時候這麼兇嗎？』

「……」

岳千靈愣了好一陣子，咬牙切齒地說：『你說誰兇？』

林尋正要說話，耳機裡突然傳來幾道突兀的槍聲。

緊接著，在劈里啪啦的槍聲中，夾雜著岳千靈的尖叫。

『啊啊啊啊！又有人來了啊！啊啊啊怎麼有三個人啊！救命啊啊啊啊！我要沒了啊啊啊！』

幾秒後，槍聲戛然而止，岳千靈收了槍，呼了一口氣，『死完了，有一個電腦。』

耳機裡，林尋輕笑了聲，沒說話。

岳千靈看著自己面前的三個盒子，突然反應過來。

沉默。

兩人誰都沒再說話。

直到走出訓練基地，岳千靈才訕訕開口：『你們男生是不是不太喜歡打遊戲太兇的女生？』

『別的男人喜不喜歡我不知道，反正我是——』

岳千靈蹙緊了眉頭，緊張地等著這個回答。

但林尋卻突然停頓，彷彿在思考要怎麼說。

片刻後，他那漫不經心的嗓音才響起：『挺不喜歡的。』

「……」

果然。

岳千靈悶悶地說，『我就知道。』

她跳出窗子，掉頭就往對面野區跑。

林尋沒朝同一方向跑，過了一下，他看了地圖一眼，說道：『妳可以再離我遠一點？』

『你不要管我。』岳千靈頭也不回，跑到海邊，跳進去遊起了泳，『我有我自己的精神世界。』

『妳過來。』

『我不。』

『行。』

幾秒後，林尋那邊響起槍聲。

岳千靈不情不願地從海裡爬起來，扛著槍去幫隊友。

途中她還騎了一輛摩托車，只是車技不太好，穿過房區的時候直接卡在牆角。

聽著那邊槍聲越來越激烈，岳千靈急了，打算棄車跑路。

但剛跳下來，便看見自己隊友的標誌灰了。

岳千靈：「……」

她撓了撓耳朵，不好意思說話。

槍聲沒了，腳步聲也沒了，耳機裡安靜得有點嚇人。

『我看看我隊友離我多遠。』林尋涼颼颼地說，『嗯，兩百多公尺。』

『原來我是單人雙排。』

『哎呀，電子競技就是有輸有贏，你要看開點……』

重新騎車過去後，岳千靈打開他的盒子，一看裝備，瞬間看不開了，『不是，對方什麼槍啊你滿配猛男槍近戰都打不過？』

M762是他最喜歡的槍，在雨林這種地圖他通常只帶兩把M762，一把近戰，一把直接單點當狙。

所以岳千靈想不明白他怎會兩三下就被別人幹死。

耳機裡安靜了兩秒，隨即響起他那有點散漫，又帶了點理直氣壯的聲音。

『我又沒有隊友。』

「……」

岳千靈扛起他的猛男槍就跑，『你別吵了，你隊友這就追上去幫你報仇行了吧？』

宿舍裡安靜得只有暖氣片裡細微的流水聲。

室友考完研究所便出去旅行了，接下來的日子只有顧尋一個人住宿舍。

他切換觀戰視角，雙手空閒，靠著椅子，垂眼看著手機螢幕。

這時，小麥突然傳來訊息。

小麥：『你為什麼在打遊戲？』

小麥：『剛剛我叫你打遊戲你說你沒空？』

顧尋順手打了幾個字。

菜也犯法嗎 sir：『你不是要備考嗎？』

小麥：『別跟我扯這些藉口！』

小麥：『為什麼跑去和小麻花雙排了？』

小麥：『既然被我當場抓獲了，就老實交代吧！』

顧尋不知不覺坐直了，不再是那副懶散靠著椅子的姿勢。

他盯著手機螢幕，舌尖在毫無意識的情況下抵著牙齒。

正想著要怎麼說——

小麥：『你是不是嫌我菜！』

顧尋又靠了回去。

菜也犯法嗎 sir：『是。』

小麥：『？』

小麥：『淡了淡了，淡了淡了。』

小麥真沒想過二十年的兄弟，竟然會變成這樣。

他轉頭就去跟駱駝告狀。

小麥：『林尋拒絕跟我打遊戲，跑去跟小麻花雙排了。』

駱駝：『？』

小麥：『他居然開始嫌我菜了！他以前不是這樣的！』

過了許久。

駱駝：『……』

駱駝：『他哪是嫌你菜。』
駱駝：『他是嫌你瓦數太高。』
小麥：『？』

宿舍裡依然安靜。
耳機裡女孩的聲音時不時響起，讓這宿舍有了一點人氣，顧尋的嘴角也跟著時不時揚起一下。
直到這一局結束，重新回到配對畫面，顧尋才轉頭看了窗外的雪一眼。
他凝神片刻，再回過頭，看著手機螢幕裡那個粉頭髮的CG人物，緩緩開口：『耶誕節要到了。』
女孩『嗯？』了一聲。
遊戲裡耶誕活動已經推出，地圖裡掛上顯眼的麋鹿標誌，天空還有耶誕老人雪橇飛過，帶起一陣清脆的鈴響。
顧尋莫名想到江城每年耶誕節到跨年都會在湖心公園燃放煙火，好像年輕女孩都喜歡去那裡。
他垂了垂眼，單手撐著太陽穴，盯著手機螢幕，問道：『妳打算怎麼過？』

『我幫耶穌過什麼生日？』她想到年年湖心公園成雙成對的氣氛，冷笑一聲，『不然我去街上賣聖誕帽？』

『……』

『紅的十塊，綠的免費，怎麼樣？』

『……』

第四章　想見妳

耶誕氣氛逼近，意味著卡面事件的壓力逼近，岳千靈根本無心去想要怎麼過節。

玩家們的網路聲討像一層愁雲籠罩在整個專案組上空，逼得人人無暇喘息，彷彿預見了整個團隊分崩離析的下場。

但正是因為這樣，沒有人關心岳千靈當初為何在離職後的兩天就決定要回來工作，也沒有人再提組長在群組裡傳達的老闆意見，完美地避開了她預想中的尷尬場面。

這兩天，也是岳千靈經歷過的最美好的工作體驗。

她只需要在自己座位上認真畫畫，沒人找她閒聊，沒有突如其來的會議邀約，就連組長也不強求大家集體吃午飯了。

只有主美術不像往常那樣，下班前才來看看原畫師們的進度，現在他沒事就往岳千靈這裡晃。

二十一號當天晚上，岳千靈順利向主美術提交兩位男主角的耶誕活動卡面。

然而還沒等到主美術把內容提交到主要伺服器，主策劃自己就胳膊夾著筆電匆匆跑到她們這邊來。

他什麼開場白都沒有，直接在主美術電腦裡打開圖片，凝神確認幾遍後，立刻去安排再次公告卡面。

看主策劃的態度，應該是沒什麼問題了，算是卡時間趕上了明天的開閣。

組內的人或多或少都鬆了一口氣，但大家沒急著下班，而是在座位上等著官方公布新修改的卡面後看看玩家的反應，以求最後的心安。

只有岳千靈因為一整天沒吃什麼東西，拿著手機下樓去了便利商店。

此刻，唯有組長打開電腦看著郵件，時不時看看窗外的夜色，眼裡有幾分慌亂。

坐在這的人都希望這次調優能獲得玩家的良好回饋，而她卻沒辦法流露出這樣的期盼。甚至，希望玩家們繼續破口大罵。

畢竟，玩家對岳千靈重新畫的卡面越滿意，就越打她的臉。

她寧願為這次翻車揹鍋，也不願承受那樣的羞辱。

所以在遊戲官方重新更新卡面預告後，她立刻打開手機，緊緊盯著螢幕。

僅僅幾分鐘，留言區就出現很多個：『？』

見此狀，她長長地舒了一口氣，感覺壓在心裡幾天的石頭總算落了下來。

看樣子，玩家們對今天的卡面果然是不滿意的，甚至怒氣更甚，所以話都不想說了直接傳問號。

事情的走向正合她的心意。

組長的肩膀終於鬆弛下來，把留言截圖，傳到工作群組裡。

組長：『唉，我就說吧，把千靈叫回來也沒有用。』

組長：『這就不是我們美術的問題，誰知道這些玩家吃錯什麼藥了呢。』

組長：『還這麼麻煩妳趕回來一趟，老闆這次可能會對妳失望囉。』

岳千靈並沒有及時看見她傳到群組裡的內容，也不知道目前玩家的輿論情況。

此時便利商店裡人滿為患，岳千靈正專心地掃視貨架，搜羅自己想吃的東西。

可是那些速食產品實在讓人提不起胃口，她選了半天，決定還是回學校去吃自己喜歡的那家店。

慢悠悠回到公司，就快走進辦公區的時候，岳千靈感覺到手機又在連連震動，才拿出來看。

距離組長在群組裡說的那些話已經過去了十幾分鐘。

這時的接連震動，是因為其他同事也傳了截圖。

黃婕：『事情好像不是妳說的那樣吧？』

圖片中，遊戲官方發文留言區的風向已經非常一致。

熱門留言第一則：『早讓這個畫師畫不就好了？你們就是欠罵！之前那個畫師不要合作了，那個畫風看到一次我們罷氪一次。』

配圖是一張二十多萬人民幣的氪金進度條。

熱門留言第二則：『所以你們前兩天是皮癢了單純想挨罵才出了那個東西？』

配圖是一張十多萬人民幣的氪金進度條。

後面的留言都是這樣的言論。

很顯然，前幾分鐘玩家們的問號是在單純地表達「你們既然有這個水準的卡面，那前幾天是在發什麼瘋？」的意思。

後來有人發表了詳細想法再配上自己的氪條，就被頂到了最前排。

所以岳千靈滑到上面，看見組長說的話，簡直一臉莫名。

但凡有點腦子都會知道氪佬們要是真的想罵，不會只打一個問號這麼簡單。

她一邊思考著這個組長的腦子到底有什麼毛病，一邊傳了一個簡簡單單的『？』過去。

然後群組裡便死一樣的寂靜，沒人再說話。

那個『？』就一直停留在螢幕最下方，像一個巴掌印烙在組長臉上。

幾分鐘後，有人注意到群組裡人數少了一個。

黃婕悄悄湊到正在收拾東西準備離開的岳千靈身邊，低聲說：「尹琴退群組了。」

尹琴就是組長。

其實從職位而言，她和岳千靈以及黃婕算是平級的原畫師，只是她資歷最老，公司為了便於管理才安排這麼一個組長，平時主要收集整理一些資訊，分擔細碎的工作。

以前大家當她是前輩，叫一聲「組長」是出於尊重，並不代表真的對她馬首是瞻。

所以岳千靈得知她退群組了，也沒什麼感受，本來她就不喜歡這種群組。

「哦，退了也好。」收好了東西，一抬頭便對上尹琴的目光，尹琴難以維持住表情，憤憤地拎著包瞪了她一眼，隨即轉身離開。

什麼毛病。

岳千靈拿起手機，對黃婕說：「那我先回學校了。」

「還早嘛。」黃婕拉住她，說道，「我請客吃晚飯，當作慶祝妳回來工作，怎麼樣？」

岳千靈想了想，笑著說好。

她發現只要沒有尹琴強行組飯局，她還是很樂意和這些女孩們一起吃飯的。

黃婕又叫了幾個同事攜伴下樓。

樓下的餐廳不多，又正是周邊科技公司下班的時間點，她們連續找了幾家才遇到有座位的店。

這家中西結合餐廳裝潢年輕化，氣氛輕鬆，大廳裡有好幾張可以容納二十人的長桌，是這一帶上班族最受歡迎的聚餐地點。

現在只剩下靠門的一張桌子還沒有人，她們剛坐下，又聽見門口的迎賓聲響起。

岳千靈背對著門，沒回頭看，只是低著頭玩手機。

黃婕坐在她對面，突然揮起了手。

「易鴻！你們也來這吃飯啊？」

「對，我們找了半天都是客滿，妳們部門聚餐啊？」

「不算聚餐，就幾個同事一起吃吃飯，你們呢？」

「我們也是。」

「欸你們要不要過來一起坐？」黃婕環顧四周，「也沒其他空桌了。」

「呃……」易鴻問一下同行的意見，大家都點頭，他便說，「那打擾妳們了。」

「都是同事，客氣什麼。」

岳千靈不知道黃婕口中的「易鴻」是誰，聽語氣應該是某個她不認識的同事。

聽見幾人的腳步聲漸近，岳千靈雖然不認識這些人，但打算禮貌性地打個招呼。

她一抬頭，卻看見顧尋竟然也在這群人中。

餐廳昏暗曖昧的燈光下，他垂著眼，穿過幾張空凳子，在岳千靈正對面的位子，伸腿將椅子與桌子蹬開一段空隙。

他落座的那一刻，岳千靈的心高高懸起。

等他坐好了，一抬眼，兩人的目光在意料之中相撞。

顧尋抬了抬眉，眼裡有幾分驚訝，但不到他需要詢問的程度。

只是點了點頭，便轉頭去看桌面的菜單。

只有岳千靈兀自沉浸在私密的竊喜中，嘴角忍不住上揚，只好低下頭看菜單。

「這是我們組的原畫師們。」黃婕坐在顧尋旁邊，隔著他跟易鴻介紹，「應該平時有見過吧？」

其實幾乎是沒見過的，他們第九事業部像另外一個公司，易鴻和黃婕還是前幾天在便利商店吃泡麵的時候認識的。

不過他對岳千靈有印象，便含糊點頭道：「見過見過。」

然後指了指和自己同行的人，「這邊是我們事業部的開發。」

大家抬起頭互相打招呼，岳千靈發現好幾個女同事都盯著顧尋看，心裡有點不是滋味，頓時有些坐不住。

可她除了坐在那裡，也不能做什麼。

好在顧尋一直沒抬頭，只是偶爾和身旁的易鴻說兩句話，彷彿沒看見對面一排女生似的。狹窄的桌下空間不足以容納他的雙腿，點好了菜，他便仰靠著椅子，曲起一隻腿踩到桌下的橫欄上。

既然大家都在看他，法不責眾，岳千靈也光明正大地抬起了眼。

但顧尋並沒注意四周幾個女生的目光，他正專注地看著手機，頭微偏，頭頂的燈光正好把他側臉的輪廓勾勒得更深邃。

這個距離和角度，岳千靈能清晰地看見他濃密的睫毛在下眼瞼處投下的淡淡陰影。

他像一幅鑲嵌在嘈雜背景裡的漫畫，好看得有些不真實。

不知看了多久。

突然，他倏地抬眼。

兩人的目光再一次猝不及防地相撞。

顧尋的眼神依然平靜，而岳千靈卻帶著一絲被抓包的驚慌之色，慌忙移開視線，抓起手機胡亂按鍵試圖掩蓋自己偷看的事實。

在鼓譟喧闐的環境裡，岳千靈依然清晰地聽見自己的心跳聲。

跳什麼跳呢？

不就是偷看被抓包嗎有什麼大不了的！

爭氣點！給我停下！

好一陣子，她聽見易鴻和顧尋在低聲說著什麼，才放心地從洞裡鑽出來。

頂風作案再偷瞄一次，見他神色如常，岳千靈終於鬆了口氣。

驚慌之餘，更多的還是開心。

她選擇回來工作果然是正確的，才幾天便已經同桌吃飯了。

再過一段時間說不定就集體看電影了，到時候她一定要搶到他身邊的座位。

思及此，岳千靈的目光在易鴻和黃婕身上徘徊，若有所思。

手機突然震動起來，群組裡有人說話。

駱駝：『終於回家了，玩遊戲嗎？』

小麥：『看書呢，等一下。』

駱駝：『@糯米小麻花@校草，你們呢？』

校草：『現在沒空。』

糯米小麻花：『我也沒空，親親同事聚餐啦(*^▽^*)。』

校草：『妳聚餐就聚餐，啦什麼啦。』

糯米小麻花：『要你管啦(*^▽^*)。』

小麥：『就是就是，你管那麼多幹什麼，你又不是人家男朋友。』

校草：『？』

糯米小麻花：『？』

駱駝：『@糯米小麻花妳不是離職了？』

糯米小麻花：『又新入職啦！』

駱駝：『哦，新同事是應該多聚餐。好吧，那我先整理行李，等一下上線叫我。』

岳千靈放下手機，不經意抬眼，見顧尋也在看手機，不知在想什麼，盯著螢幕，不太開心的樣子。

新同事。

顧尋盯著這幾個字，久久地擰著眉。

而岳千靈目光一轉，看了顧尋身旁的易鴻一眼，突然福至心靈。

背後的迎賓聲響起，隨著其他客人的進來，一陣寒風鑽了進來。

岳千靈立刻捂著嘴別開臉咳了兩聲。

沒幾秒，門又被離開的客人打開，岳千靈再次咳了起來。

黃婕原本在跟別人聊天，注意到岳千靈的咳嗽，立刻關心地問：「妳怎麼了？感冒了？」

「有點呢。」岳千靈又皺眉咳了兩聲，「人進人出的，風對著我吹，有點受不了。」

聲音清晰地傳進耳朵，顧尋的目光突然凝注片刻，隨即抬眼直直地看著岳千靈。

這已經是第二次感覺她的聲音很耳熟。

熟到幾乎不可能是兩個人。

一些細碎的片段在腦子裡浮現，恰好都能對上。

比如，正在和同事聚餐、江城、校友、聲音相似……

他瞇了瞇眼，手指不動聲色地捏緊了手機。

另一邊，黃婕看著岳千靈，正想說什麼，一旁的易鴻已經站了起來。

「要不然妳坐我這裡吧。」他拉開椅子，朝岳千靈抬了抬下巴，「我穿得多。」

岳千靈連忙擺手，「這怎麼好意思。」

「都是同事嘛。」易鴻已經朝她走來，「過去吧，我坐哪都一樣。」

岳千靈嘴裡說著不好意思，人卻已經飛快地起身，朝他的座位走去。

倏忽燈光下，岳千靈用餘光注意著顧尋的反應，生怕他拒絕自己坐到他身邊。

可他卻沒有說話，反而直勾勾地看著她的臉，即便兩人目光對上，他也沒有一絲要收回視線的意思。

岳千靈很不爭氣地臉紅了。

好在餐廳燈光昏暗，堪堪藏住了她的馬腳。

顧尋終於移開目光。

此時背景音樂恰好切換到繾綣浪漫的小提琴獨奏。

但對面的人是顧尋，岳千靈根本不會因為這樣的一個對視就肖想他一眼看上自己。

難道……

岳千靈腦海裡飛速閃過無數個想法。

他發現我換座位的真實目的了？

不可能呀我剛剛裝得挺像的。

難道其他地方露馬腳了？

懷揣著各種疑慮，岳千靈戰戰兢兢地在顧尋身旁坐下，故作矜持地沒有看他。

餘光中卻注意著顧尋的一舉一動。

有限的視角讓她沒辦法清晰看見顧尋在做什麼，只知道他垂眼看著面前的手機，手指輕扣桌面，似乎在沉思什麼問題。

點的菜終於陸陸續續端上來，四周的同事已經聊開了。

黃婕向來會照顧人，發現岳千靈沒點喝的，立刻問：「妳要不要喝點酒呀？」

她的手越過顧尋，遞來一杯酒，「妳這幾天也蠻累的，喝點酒放鬆一下？」

岳千靈瞟了對面幾個女生面前擺的果汁一眼，連忙擺手道：「我不喝酒的。」

黃婕：「那換米酒吧，米酒沒什麼度數。」

「不用不用。」岳千靈還是搖頭，「我酒精過敏，滴酒都不能沾。」

黃婕總覺得哪裡不對，難道去年一起喝酒的不是岳千靈？她記錯了？

「那好吧，妳喝果汁吧。」

黃婕終於坐了回去。

岳千靈鬆了口氣，偷偷瞥顧尋一眼，想看看他的反應。

不料他突然側過身來，看著岳千靈，問道：「妳打遊戲嗎？」

「打啊。」岳千靈保持著笑容，「遊戲公司的人怎麼會不打遊戲呢。」

顧尋的眸色又深了些。

「打什麼遊戲？」

「市面上的遊戲都會玩一玩的。」

這倒是實話，提起遊戲，岳千靈如數家珍，「像育碧啊，暴雪啊柯樂美這些公司出的遊戲都會玩一玩。」

但顧尋並沒有露出岳千靈預想中的欣賞表情，他坐直了些，姿勢看起來少了幾分懶散。

「那，」他盯著她，問道，「手遊呢？」

「手遊？」

岳千靈腦海裡飛速閃過前幾天陳茵嘴裡說的那句「他們第九事業部的人很看不起手遊的」。

於是，她一字一句道：「我從來不玩手遊，太沒技術含量了吧。」

說完這句話後，岳千靈眼睜睜看著顧尋眼裡某種複雜的情緒陡然散去。

他莫名其妙地勾著嘴角，扯出一個大概能算是笑的弧度，隨即又恢復剛剛那愛理不理的樣子，靠回他的椅子，雙眼一垂，彷彿自動遮蔽了身旁的人。

和剛剛緊緊盯著她的模樣簡直判若兩人。

怎麼，他們第九事業部那些超厲害的天才們不是看不起手遊嗎？

顧尋為什麼不說話了？

在那之後很長一段時間，岳千靈想不通自己那句話錯在哪了。

她腦海裡不斷重複演繹著剛剛的情景、對話，思緒發散得如同枝繁葉茂的大樹，同時還要時刻保持矜持的狀態，背挺直，腿放好。

真他媽累。

她好幾次想戳一戳旁邊的顧尋，讓他繼續遊戲這個話題，她能說個三天三夜。

可惜旁邊的人時不時看手機兩眼，再也沒把注意力放在岳千靈身上過。

這飯吃得食不知味，岳千靈百無賴聊，連視線都不知道該往哪放。

手機突然震動了幾下。

岳千靈拿起來看，是小麥在群組裡@了她。

小麥：『@糯米小麻花。』

小麥：『妳最近跟妳男神到什麼進度了？』

岳千靈偷偷瞄了旁邊的人一眼，抿著笑打字。

糯米小麻花：『正在一起聚餐呢。』

小麥：『原來妳跟男神成同事了！怪不得今晚這麼高興。』

糯米小麻花：『嘻嘻，你問這個幹什麼？』

小麥：『沒事，關心關心妳，祝妳早日成功。』

糯米小麻花：『承你吉言！』

回完小麥的訊息後，岳千靈最喜歡吃的芒果糯米飯終於端了上來。

她一整天沒怎麼吃東西，這時饑腸轆轆，舌頭上每個味蕾都在沸騰。

可顧尋坐在旁邊，她總不好做出一副餓狼撲食的樣子吧。

於是意思意思吃了幾口後，岳千靈放下筷子，纖長的手指把白色瓷碗推到一旁。

這一幕正好被站起來夾菜的黃婕看見，她的筷子僵在半空，問道：「千靈，妳不吃了？」

岳千靈拿著紙巾擦了擦嘴，笑著說：「我吃好了。」

黃婕愣了幾秒，恍惚間以為自己聽錯了，「不是，妳今天不是沒怎麼吃飯嗎？不餓啊？剛剛主策劃一點頭妳不是就衝下去找吃的嗎？」

岳千靈暗暗咬了咬牙，恨不得一捆膠帶把黃婕的嘴封上。

「我沒什麼胃口。」她攥緊了手裡的衛生紙，笑容半僵，「可能是太累了，妳不用管我，我沒關係的。」

「這樣啊，這幾天真是辛苦妳了，妳多少再吃點唄。」

黃婕一臉心疼地坐下了。

而岳千靈微微側頭，發現自己這番表演好像是獨角戲。

顧尋原本低著頭吃飯，根本不在意身旁的女生說了什麼，直到桌上的手機接連響了好幾聲。

他看見小麥在群組裡說的那句話，目光倏然凜在螢幕上。

果然。

怪不得今晚這麼開心。

平時動不動就要跟人對狙的人居然用起了顏文字。

至於嗎。

他嗤笑了一聲，拿手機買了單，隨即拎著沒喝完的可樂站了起來。

「你們慢慢吃，我先回學校了。」

說完，他推開椅子，朝大門走去。

這一切發生得太快，許多人都沒反應過來，岳千靈下意識轉頭看他的背影，直到那扇門關上，她也突然站了起來。

「要到學校門禁時間了，我先回去了。」

她沒有顧及一群同事的注目，拿著包便大步追了出去。

深夜的冷風在半空中肆意狂吹，揚起地上的灰塵與落葉。

岳千靈忘了戴圍巾出來，刺骨的風裡帶著霜，讓人睜不開眼睛。

她四處張望了許久，才看見顧尋的背影。

這麼一下子，他居然走那麼遠了。

岳千靈拔腿要追上去，手機突然響起語音來電。

她只好一邊走一邊撈出手機。

螢幕顯示：『校草邀請你進行語音通話』。

岳千靈這個時候哪有心情跟他閒聊，立刻掛了這通電話。

抬起頭，她發現顧尋走得更快了。

路燈將他的影子拉得很長，岳千靈要一路小跑才追得上，跟著他進了停車場。

在岳千靈打算開口叫他時，見他隨手將易開罐丟進垃圾桶裡，砸出「哐當」一聲重響，在幽靜的停車場裡迴盪了一遍又一遍。

岳千靈嚇了一跳，腳步也慢了下來。

怎麼感覺他的心情很不好的樣子。

一猶豫，岳千靈便不太想打擾此刻的顧尋。

她默不作聲地停下腳步，又看了他的背影一眼才轉身。

然而她的腳還沒邁出去，卻聽見他的聲音從背後傳來。

「妳跟著我幹什麼？」

「……」

岳千靈懊惱地攥緊了拳。

我靠啊。

原來他一直都知道自己跟著出來了。

早知道就早點打招呼了，現在搞得她像個跟蹤狂似的。

「那個……挺晚了。」岳千靈一點點轉過身，扯出一個笑，「我想說能不能跟你一起回學校。」

顧尋背著光，半隱在陰影裡，岳千靈看不清他的表情，卻清晰地感覺到他在看自己。

四周寂靜無聲，更容易放大人的感官。

在顧尋沒有說話的這一兩秒裡，岳千靈莫名感覺到，顧尋好像知道她的小心思了。

一旦有了這個想法，岳千靈的臉就止不住地燒了起來。

還好停車場的光線不亮，既藏住了她的臉紅，也減輕了幾分慌亂。

不等顧尋回答，她立刻後退一步，故作輕鬆地笑著說：「沒事，你不方便的話，我坐地鐵回去也可以。」

顧尋現在心情挺煩的，岳千靈這麼說了，正合他意，連拒絕的理由都不用想了。

不過岳千靈轉身的剎那，顧尋拿出手機看了看時間，已經十點十五分，還有什麼破地鐵。

「妳急什麼？」他不急不緩地叫住岳千靈，並打開車門，「我什麼時候說不方便了。」

岳千靈在原地愣了兩秒，反應過來後，雀躍地立刻小跑起來。

兩步後，她見顧尋在駕駛座上朝這邊別了別頭，便反射性剎住了腳步，改為穩重的邁步姿態。

上車後，顧尋接了通電話，岳千靈便安安靜靜地坐著，絞盡腦汁地想著要怎麼找話題。

可惜他這通電話並不長，岳千靈還沒來得及想到要說什麼，他便放下手機。

車裡又陷入尷尬的沉默。

片刻後，岳千靈終於想到一個既禮貌又不生硬的切入點。

她開口問：「顧阿姨最近好嗎？」

顧尋：「挺好。」

岳千靈：「那恭喜啊。」

「……」

「……」

我他媽說了什麼。

救命。

救命啊！

岳千靈拳頭倏地攥緊，天靈蓋一陣發麻，目不斜視地看著前方擋風玻璃，不敢去看顧尋的表情。

要不然換個話題吧。

岳千靈強行讓自己忘掉剛剛的對話，訕訕開口：「你們部門工作忙嗎？」

顧尋本來想用一個「忙」字應付過去，可惜他現在連敷衍的心情都沒有。

「其實，」顧尋直直地看著前方十字路口的紅綠燈，臉上沒什麼表情，「如果不知道說什麼，可以不說話的。」

「……噢。」

岳千靈平靜地閉上了嘴，平靜地拿出手機，平靜地傳訊息給印雪。

糯米小麻花：『啊啊啊啊啊顧尋送我回來！』

糯米小麻花：『但是我太緊張了！把天聊死了！』

糯米小麻花：『怎麼辦？』

印雪：『你們說了什麼？』

岳千靈把那少得可憐的對話跟印雪說。

幾秒後，印雪傳了一長串刪節號過來。

印雪：『不是妳把天聊死了。』

糯米小麻花：『？』

印雪：『是他不想跟妳聊。』

糯米小麻花：『。』

印雪彷彿從這個句號裡看出姐妹的難過，終是於心不忍，琢磨著安慰兩句。

她剛打出『不過』，又有新訊息跳出來。

糯米小麻花：『唉。』

糯米小麻花：『嘿嘿。』

糯米小麻花：『（可愛）（害羞）。』

印雪：『……』

印雪：『妳傷心瘋了？』

糯米小麻花：『沒有。』

印雪：『？』

糯米小麻花：『就，我剛剛偷偷看了一眼。』

印雪：『？』

糯米小麻花：『顧尋的側臉好帥啊。』

印雪：『……』

印雪：『滾。』

雖然這一路確實再也無話，但顧尋帶她一起回學校，岳千靈已經很滿足了。

窗外的風景飛速後退，岳千靈時不時偷瞄一下顧尋的側臉，明顯感覺他的心情不好。

所以，他只是單純的不想說話，不是不想跟我說話。

嗯，就是這樣。

思及此，岳千靈撥雲見月，那股淡淡的鬱悶瞬間消散，苦中作樂只剩下「樂」，近三十分鐘的路程竟然眨眼間便到了終點。

下車的時候，路燈的光柱正好罩在岳千靈頭上，將她的雙眼映得像星星一樣亮。

四周安靜到了極點，偶爾有鳴笛聲從遠處飄來，又轉瞬即逝，只有岳千靈的心跳聲持續不斷地被放大。

應該不會被聽到吧。

她偷偷看了一眼。

瑩然燈光下，顧尋看見岳千靈用那樣的眼神看著她，總覺得她有什麼話要說。

果然。

岳千靈借著夜色深沉，鼓足了勇氣，開口道：「你……耶誕節準備怎麼過啊？」

這一路上，顧尋都被一股莫名的躁意圍繞著，說不清道不明，

聽到「耶誕節」三個字，顧尋壓抑了一整個晚上的躁意瞬間被點燃。

他用力關上車門，在那道「砰」響中，岳千靈聽見他說。

「耶穌生日又不是我生日，有什麼可過的？」

十一點十五，距離宿舍門禁已經過去了十五分鐘。

印雪正要打電話給岳千靈，便聽見門鎖輕微的響動。

幾秒後，岳千靈帶著外面的冷氣一同鑽了進來。

「妳居然回來了？」印雪坐在床上，嘖嘖嘆氣，「我還以為妳今晚不回來了呢，真沒出息。」

岳千靈剛剛在樓下和宿管阿姨求了好一陣子情，耗費太多唇舌，沒什麼精力和印雪鬥嘴。

她脫了外套，有氣無力地「嗯」了一聲，拿著換洗衣服準備去洗澡。

「所以今天怎麼樣？」印雪探出腦袋，好奇地問，「耶誕節怎麼說？」

岳千靈之所以會在下車的時候那樣問顧尋，就是因為印雪出了這個主意。

不提還好，一提起來，岳千靈頓時忘了自己要去洗澡這回事。

「妳猜他說什麼？他說耶誕節是耶穌生日又不是他生日！我這輩子沒這麼無語過！」

岳千靈喘了口氣，繼續說：「大學都讀了四年了哪吒都能抓周了，他為什麼還這麼不解風情！」

印雪：「……」

她這輩子沒這麼心情複雜過。

不知道要不要告訴岳千靈，人家不是不解風情，人家只是不想解妳的風情。

「沒事……」印雪緩緩躺回去，望著天花板，面無表情地說，「臭男人就是這樣，妳不要跟他們一般見識。」

岳千靈悶悶不樂地在書桌前坐了一陣子，自我調節一番心情後，才想起自己不久前掛了林尋的語音電話。

她慢吞吞地打了幾個字過去。

糯米小麻花：『剛才找我什麼事？』

過了好幾分鐘。

校草：『我有事才能找妳？』

糯米小麻花：『唉。』

糯米小麻花：『我剛剛有點事嘛。』

校草：『嗯，用腳指頭都能想到妳去幹什麼了。』

校草：『沒關係，我一個人也挺好的。』

糯米小麻花：『你別亂想，我剛剛是趕路，有點著急。』

糯米小麻花：『又不是故意要掛你電話的。』

片刻後。

校草：『行。』

看見他的回覆，岳千靈下意識地鬆了口氣。

驟一回神，心裡卻浮上一層微妙的感覺。

我為什麼要跟他解釋？

為什麼要哄他？

但因為太累，岳千靈沒有再糾結這個問題，迅速洗了澡便倒頭睡去。

耶誕節這天正好是週末，學校裡格外熱鬧。

班裡好幾個男生約岳千靈出去玩，但她沒什麼心情，只想留在宿舍裡做畢設。

印雪和高中同學去玩了，岳千靈一個人待著，偶爾聽見其他宿舍的女生興高采烈地經過，那個興奮感並不能感染到她。

甚至她偶爾還會覺得顧尋說得對，耶穌的生日跟凡人有什麼關係，不懂那些人為什麼這麼快樂。

耶誕節就這麼平平無奇地過了。

由於顧尋的態度，岳千靈沒想過元旦能約到他，況且臨近寒假，學業和工作的事情都擠壓在一起，她也沒心思再想別的。

畢竟跨年夜當天，全公司都在加班。

就連平時的例會也挪到了六、七點，所有人都盼著放假，各個心不在焉地東摸摸西摳摳，魂早就不在了。

領導們也沒了細講的心思，大致總結了工作後，提到了本次耶誕節活動的成果。

具體的成績運營那邊已經開過會了，主策劃也只是順便提一嘴。

只是當他一說到這個，尹琴的肩膀陡然僵硬，目光閃爍地盯著桌面。

還好主策劃沒說什麼，話題又轉到了其他地方。

尹琴鬆了口氣，又怕岳千靈趁機邀功，於是悄悄看了她一眼，見她靜靜地盯著電腦桌面，不知道在想什麼。

她總算放下心來，但那股淡淡的煎熬感依然裹挾著她，讓她無法做到真的平靜。

自從耶誕活動開閣以來，她連遊戲官方社群都不敢看。

那些玩家的每一則留言都像鞭子一樣在她身上抽來抽去，鞭笞到吃不好睡不好。

原本她可以不經歷這些的。

當初進這個小組，她就是看中了這個遊戲沒什麼情懷，費不了什麼腦細胞，運氣好的話還能賺不少錢。

平時摸摸魚，工作能敷衍就敷衍，廢那麼多力氣幹什麼，讓自己過得輕鬆一些不好嗎？

誰知道半路殺出一個岳千靈。

還沒畢業的實習生看不懂局勢，精力又旺盛，每次主美術安排的任務她總是按時完成，偏偏還有那麼點天賦，產出幾乎都是一次通過。

她自己要表現就罷了，可是主美術私底下沒少拿她跟尹琴做比較，搞得尹琴的壓力與日俱增，對她怎麼喜歡得起來。

比如這時，眼看著例會都結束了，離開會議室時，尹琴又聽到主策劃跟主美術嘀咕，說他不會用人，亂安排任務，差點捅出簍子。

主美術也委屈，說這是尹琴主動請纓的，在同一個小組做了這麼久，誰知道她會用力過猛。

兩人說是嘀咕，但聲音其實也不算很小。

尹琴看了岳千靈的背影一眼，不知道她聽見了多少。

其實岳千靈一個字都沒聽見。

剛剛開會的時候印雪一直在傳訊息給她，問她什麼時候下班，兩人約好了一起去市中心跨年。

會議一結束，岳千靈哪有心思聽上司們在嘀咕什麼，連忙回去收拾自己的東西，急著去跨年。

今天加班的人不多，電梯裡人滿為患，岳千靈她們小組三、四個人踩在超重的邊緣擠了進去。

門一關上，旁邊一個運營組的人突然對岳千靈說：「妳沒幾個月就要畢業了，會留在公司吧？」

岳千靈躊躇片刻，說道：「我不太確定。」

實習這種事情，又不是她想留就一定能留下來的，誰知道中間會出什麼岔子。

那人以為岳千靈在搖擺，便說道：「猶豫什麼呢，老闆喜歡妳，以後肯定有好發展的，總比去其他公司從頭做起要好吧。」

尹琴本來就看不慣岳千靈，這時聽到別人還在勸岳千靈畢業後留下來，她心裡煩躁，卻笑著說：「你不知道情況，反正我覺得千靈猶豫一下還是正確的，畢竟上司如果對你心存芥蒂的話，以後的路還是不好走。」

岳千靈只是平靜地看了她一眼，沒接話。

「嗯？」但那個運營前段時間請了幾天病假，並不知道公司裡那點八卦，「什麼芥蒂啊？」

岳千靈不想別人在公共場合討論自己的事情，正想說什麼，身旁的黃婕突然扯了扯她的袖子，咳了兩聲。

她疑惑地回頭，瞥見電梯一角，於是閉上了嘴。

但是旁邊幾個人沒有注意到黃婕的動作，接著這個話題便聊了下去。

「就是千靈之前不是離職了，又說要回來，老闆特別生氣。」一個男生說到一半，想不起原話了，轉頭問尹琴，「當時老闆怎麼說的？」

怎麼說的？

尹琴稍微卡了一下。

因為那天她只聽見老闆說了句「不吃回頭草」，隨後就讓陳茵拒絕岳千靈了。

至於她在群組裡說的那些話，都是她自己加油添醋的。

不過她的記憶力還算好，沒幾秒就回憶起來，把自己編的那些話複述了一遍。

只是她沒注意到，自己在說這些話的時候，電梯裡的氣氛正在悄然發生變化，原本嘈雜的環境莫名安靜了下來。

等她說完最後一個字，整個電梯澈底陷入詭異的沉默。落針可辨的安靜。

尹琴剛察覺到不對勁，回頭到一半，就聽見一道頗有威嚴的聲音從人群中傳來。

「我什麼時候說過這話？」

這句話如一塊重石，「哐噹」一聲，砸穿了電梯裡的沉默。

尹琴的臉色倏地一變，僵著脖子再往後轉了那麼一點，就看見站在電梯最角落裡的老闆。

她們老闆個子不高，打扮樸素低調，往人堆裡一站，確實不太顯眼。

所以尹琴做夢也沒想到，老闆竟然就在這趟電梯裡。

偏偏電梯裡其他人這個時候都跟聾啞人似的，一點聲響都不出，將她的尷尬與無措放大了數十倍。

她半張著嘴，腦子裡一片漿糊，雙頰青一陣紅一陣。

半晌沒吐出一個字，電梯便停了下來。

門一開，站在前面的人沒走，後面的老闆也沒動。

她只是將抱著的手臂抬起來，指了指尹琴。

「妳，來我辦公室一趟，我們聊聊。」

一出辦公大樓，黃婕便笑彎了腰。

不是誇張，她扶著無障礙通道的把手，捂著肚子，笑到眼角擠出幾滴淚還直不起腰。

「這是什麼戲劇性的場面，我服了，這輩子沒笑成這樣過。」她用指尖擦了擦眼角，感覺臉笑僵了，又揉兩下蘋果肌，「妳等一下，我再笑笑。」

作為本次事件的主人公，岳千靈其實沒那麼想笑，甚至有點無語。

她看了手機一眼，印雪還在催她，於是說道：「我要走了，我同學還在等我。」

黃婕笑著朝她揮揮手，岳千靈便轉身朝地鐵站走去。

今天的風特別大，路邊行道樹的梧桐葉簌簌飄落，若不是四處張燈結綵、披紅戴綠，還壓不住冬日的蕭瑟氣息。

岳千靈今天忘了戴圍巾，受不了冷風一陣陣往脖子裡灌，於是戴上外套的帽子。

帽子上有一圈白色茸毛，厚厚一圈，將她的臉裹住了一大半，襯得她的雙眼格外大。

手機上，印雪不停地傳訊息催，岳千靈便小跑了兩步，蹦蹦跳跳地下了臺階。站穩後，她一抬頭，便看見不遠處，顧尋和一個微胖的男人朝她迎面走來。

岳千靈當即站在原地，躊躇著要不要上前打個招呼。

就在她猶豫的一、兩秒，顧尋已經從她的前方走到後方，好像根本沒有看見她。

倒是他旁邊的微胖男人側頭看了岳千靈兩眼。

前後交錯開幾步後，那個微胖男人說話了。

「我靠，美女啊。」他扯了扯顧尋的袖子，笑道，「難怪說江城出美女，我才剛到呢就迎面撞上一個。」

顧尋懶得回頭看他嘴裡的「美女」一眼。

「郭洛。」他抬起手臂，把駱駝的腦袋掰了回來，涼颼颼地說，「你別忘了你已婚。」

駱駝甚感無趣，「嘖」了一聲。

「看兩眼而已，你嫂子現在天天抱著手機看帥哥，還花錢投票。」

顧尋沒接話，帶著他回公司拿自己的東西後便去了地下停車場。

駱駝一個多小時前剛落地江城，自己坐了地鐵來找顧尋。他最近工作忙，元旦也不得閒，只有今晚能一起吃個飯。

兩人也不講究，不打算去擠人山人海的市中心，網路上找了個評價不錯的餐廳便訂了位子。

這家店不僅裝潢精緻，氣氛有格調，上菜速度也特別快。

剛點餐沒多久，幾道開胃小菜已經擺了上來。

駱駝夾了兩口菜，閒聊道：「今年過年早，你什麼時候回家？」

「不回。」顧尋倒了一杯涼水，並沒有動筷子，「回去跟我媽也是吵，不如讓她過個舒心的年吧。」

本來駱駝想說他兩句，天下父母心，哪有不見面就過得了舒心年的？

但想想顧尋家裡的情況，他也不便再多嘴。

即便他今年快三十歲了，若是置換到顧尋的位子，他大概也會做出同樣的選擇。

「那你去看看林叔叔嗎？」話音剛落，駱駝又撓了撓後腦勺，垂眼盯著桌上的餐盤，「算了，你還是別去看了，他最近過得挺好的，還是老樣子。」

「挺好的」和「老樣子」放在同一句話裡，顯得莫名諷刺，飯桌上的氣氛瞬間比剛才沉重了幾分。

駱駝不喜歡這種沉默，便岔開話題，「對了，你跟小麻花怎麼樣了？」

顧尋倏然抬頭，明晃晃燈光下，他眼裡的情緒陡然變化，眸光也比剛才亮了幾分。

「我跟她能怎麼樣？」

岳千靈一下地鐵，便後悔和印雪約在市中心。

路上上人滿為患，商店裡摩肩接踵，光是看一眼就讓人頭疼。

兩人對著人山人海沉默了半晌，決定找個餐廳吃了飯就早早回學校。

但是這時候的餐廳都要排隊，飲料喝了一大半，排號才前進七、八號。

印雪在一旁看起電視劇，岳千靈等得無聊，甚至想打幾局遊戲。

正巧，她剛拿出手機，四人遊戲群組就有新訊息。

小麥：『@駱駝 @校草。』

小麥：『你們碰面了沒？吃了什麼？』

岳千靈盯著這兩句話看了兩秒，才反應過來，駱駝和林尋應該在一起跨年。

前幾天駱駝在遊戲裡好像提過，不過岳千靈沒在意，這時才回想起來。

既然這樣，看來今天是沒機會打遊戲了。

她正打算放下手機，駱駝突然往群組裡傳了一張照片。

他應該是在回答小麥的問題，拍的是餐桌上的幾道菜。

但這張構圖隨意的照片裡，出現了一隻手。

幾乎是下意識，岳千靈就認定了那是林尋的手。

骨節分明，勻稱修長，多一分粗糙，少一分纖弱，好看得像遊戲裡3D建模出來的手。

都說手是人的第二張臉，手好看成這樣，就不得不讓人遐想這雙手的主人是什麼模樣。

岳千靈也不例外。

喧鬧的商場裡，她盯著這張照片，腦海裡不由自主地開始描繪林尋的模樣。

幾秒後，她得出一個結論。

我靠。

搞不好還真的是校草。

另一邊。

駱駝和顧尋的話題並沒有因為小麥的打岔就結束。

他傳了照片給小麥後，繼續說道：「什麼你跟她怎麼樣？當然是這樣這樣那樣那樣。」

「……」顧尋一言難盡地看了駱駝一眼，把一碟糖醋排骨推到他面前，「吃飯，行嗎？」

「你少來。」駱駝不接顧尋的話，甚至連筷子都放下了，笑嘻嘻地盯著他看，「話說，你知道她是哪裡人嗎？聽口音應該也是南方人吧，說不定還挺近的。」

顧尋低頭吃了兩口菜，沒回答駱駝的話。

咀嚼吞咽後，他才抬眼，看著駱駝，不緊不慢地說：「江城人。」

「江城？就是我現在所在的這個江城？」

駱駝愣了好一下子，看見顧尋肯定的眼神後，突然猛地拍一下桌子，「你不約她見個面？」

顧尋有點煩了，不耐地皺了眉，語氣有些嗆：「我為什麼要約她見面？」

但駱駝根本不在乎他這點小情緒。

「因為你喜歡她啊。」

「……」顧尋手裡的筷子不動了，片刻後，他緊緊凝視著駱駝，語氣卻有些散漫，「你哪隻眼睛看見我喜歡她了？」

駱駝伸出兩根指頭，往眼前比劃兩下。

「我兩隻眼睛都看見了。」

顧尋懶得跟他繼續說，端起杯子喝水。

「別跟我裝，我們從小一起長大我能不瞭解你？我從來沒見你對哪個女生這麼上心過，要不是因為她，你能成天在那玩你最嫌棄的手遊？」駱駝瞇眼笑著，「喜歡還不敢承認，你太沒膽。」

說完，不等顧尋回答，他的臉色突然變了變，伸手拍了拍自己的下巴。

「哦對，人家有個暗戀的人。」

顧尋放下杯子，嘴裡涼水下肚，喉結滾動了兩下。他瞥眼看著旁處，眸子裡沒有焦距，眉間皺著，明顯帶了些不爽。

「暗戀算個屁。」

這語氣……

駱駝澈底笑開了，「我看你就挺像暗戀的。」

顧尋扯了扯嘴角，意味不明。

不管顧尋承不承認，都不會改變駱駝的看法。

小時候，林家總是三天一小吵，五天一大吵，顧尋從小練就了一身冷漠的本事，任憑父母吵翻了天，摔鍋砸碗，他都能在房間裡泰然自若地打遊戲。

更多的時候，父母沒在吵架，話語裡卻總是夾棍帶棒，你一言我一語，明裡諷刺暗裡挖苦，外人聽了都難受，更何況總是夾在中間的顧尋。

所以他在駱駝和小麥家裡待的時間比在自己家還長，如果沒什麼特別的事，他幾乎都是在小麥家裡過夜。

相對而言，駱駝認為自己算是非常瞭解顧尋這個人的。

他對人一直沒什麼耐心，也不喜歡和那些說話三層意思的人相處，不論是男是女。

朋友也不算多，從小到大確實總有女生前仆後繼的湧上來，很快又像潮水一樣退去。

但小麻花這個女孩有點特別。

心思特別簡單，打遊戲的時候總是第一個衝在前面，打贏了沾沾自喜，打輸了碎碎念要再來一把，不拿MVP就不想睡覺。

重點是，聲音還特別好聽。

一開始駱駝只是覺得這個女孩有點好玩，他和小麥喜歡跟她打遊戲，顧尋對這種事情大概是無所謂的。

但是這幾天他回頭一琢磨，發現自己忽略了很多細節。

真要細數起來，大概幾個小時都羅列不完。

「這年頭，網戀多正常啊。」駱駝想了想，笑道，「我說要不然我們把小麻花叫出來吃個飯，都在同一個城市了，多好的機會啊。」

他說完話便盯著顧尋看。

誰知道顧尋既然沒反駁，還點了點頭，拿出手機。

「可以，不過我要先告訴嫂子一聲你來江城約女網友見面。」

駱駝：「……你有病！」

就在這時，駱駝的手機突然震動兩下，他以為顧尋真的去告狀了，忙不迭撈起手機。

哦，又是小麥。

小麥：『你們吃得怎麼樣了？』

小麥：『晚上打遊戲嗎？』

駱駝和顧尋兩個大男人本來也沒打算做什麼，吃了飯回了顧尋家，當然是打打遊戲。

駱駝：『我們可以，你問問小麻花呢？』

他打完這句，賤兮兮地瞥了顧尋一眼，又敲字。

駱駝：『這良辰美景，萬一人家有約會呢？』

小麥：『@糯米小麻花妳呢？有空打遊戲嗎？』

對面沒立刻回訊息。

幾分鐘後。

糯米小麻花：『你說呢？』

糯米小麻花：『（圖片）。』

駱駝和顧尋同時打開這張照片。

她舉著一杯飲料，面向排著長龍的餐廳拍了這張照片。

意思很明確——在外面玩，沒空。

但顧尋的注意力卻落在舉著飲料的那隻手上。

十指纖纖，蔥白無瑕，指甲修得乾乾淨淨，沒有花俏的美甲。

就連露出的一小節手腕也像玉石一般，在商場的燈光下透著瑩瑩淡光。

僅僅是一隻好看的手，卻莫名牽動了顧尋的某根神經。

遙遙相隔在網路另一端的人好像有了形象，是一個生動的、具體的，和他生活在同一個城市的人。

他盯著這張照片，臉上不顯山露水，無數根神經瘋狂顫動，刺激出一股強烈的衝動。

想要見她的衝動。

第五章　香菜精

商場的人流並沒有因為夜色漸濃而消退，手扶梯上人頭攢動，餐廳外的長龍已經排到了電梯前。

岳千靈喝完第三杯茶水，無所事事地數了數排隊的人頭，然後走去問餐廳的迎賓員大概還要等多久。

得到讓人絕望的數字後，岳千靈垂著眉眼坐了回去。

早知道還不如在學校裡待著，吃什麼不是吃。

「要不然我們看看其他家？」岳千靈拉了拉印雪的袖子，說道，「這裡還要等四十分鐘呢。」

印雪抬起頭四處張望一番，皺眉道：「我怕我們去了其他地方也沒位子，這邊又過號不等的。」

說得也是。

岳千靈掏出手機，看見小麥十幾分鐘前的邀約，想了想，低頭打字。

糯米小麻花：『我在排隊，還有得等，要不然來幾局？』

小麥沒回。

駱駝：『妳在哪啊？』

駱駝：『排多少人？要不然妳來我們這邊吃，這邊人不多。』

岳千靈以為駱駝看錯了。

糯米小麻花：『是我，不是小麥！』

駱駝：『我知道啊。』

彷彿不認識這幾個字一般，岳千靈把這句話看了兩遍，才把其中關係捋清楚。

林尋知道她在江城，所以告訴駱駝。

而駱駝這麼說，是因為他們也在江城。

那之前——

岳千靈回想起她問林尋是不是也在江城那次，他好像確實沒有否認。

如果是真的，這也太巧了。

岳千靈不死心地想再確認一下。

糯米小麻花：『你們在江城？』

幾秒後。

校草：『是。』

糯米小麻花：『？？？』

校草：『怎麼，妳這麼驚喜？』

「……」

原來真的是這樣。

心情陡然回溯到下初雪那一天，一種說不清道不明的情緒莫名地在岳千靈心裡蔓延開來。

鬼使神差地，她又打開剛剛那張照片，這次不只是看那隻出鏡的手，還看了看桌上的菜，觀察一下餐廳的裝潢。

以為遠在天邊的人，竟然近在咫尺，甚至有可能在某個瞬間曾經擦肩而過。

仔細想想，還挺奇妙的。

她許久沒有回訊息，駱駝又問了一遍。

駱駝：『來嗎？我們在CBD這邊。』

印雪就坐在岳千靈旁邊，她當然不可能去見網友。

而且，她想了想，就算不是今天，沒有印雪，她應該也……不會去吧？

但心裡沒有肯定的答案。

因為她感覺自己對林尋好像還挺好奇的。

如果再熟一點……

等等，停住。

商場裡人聲鼎沸，無數張陌生的臉絡繹不絕地經過她眼前。

岳千靈移開緊盯手機螢幕的視線，看向別處。

就算再熟一點，她一個二十歲的女生，去和男網友見面，好像還是怪怪的。如果是女生還好。

「網友見面」這種行為一旦和「異性」牽扯在一起，總少了一層純潔感。

於是，岳千靈很快打消了那一閃而過的念頭。

糯米小麻花：『算了算了，我跟室友在一起呢。』

駱駝：『行。』

放下手機，駱駝對著顧尋聳了聳肩膀。

「哦豁，人家不來跟你見面。」

顧尋自從在群組裡說了那一句話後，就再也沒看過手機，此刻正低著頭吃飯。

聽見駱駝的話，他的眉心輕微地跳動了一下，咀嚼速度變慢。

片刻後，他才抬起頭。

「你這是什麼語氣？」他掀了掀眼皮，漫不經心地說，「怎麼，約不到女網友很失望？」

駱駝並不在意顧尋的態度，自說自話地嘿嘿笑了兩聲，「倒打一耙全國冠軍你稱第二沒人敢居第一。」

他又說：「不過，人家一個女孩子不出來見網友是應該的，防人之心不可無，誰知道網路背後是人是狗呢。是狗還好，萬一是個對人家女生有不軌想法的臭男人，那才危險。」

顧尋偏著腦袋睇了他一眼，也不說話，眼神涼颼颼的。

駱駝感覺顧尋已經快被他逗炸毛了，趕緊又說，「但是！元旦這種時候她跟室友一起過，你知道這說明什麼嗎？」

顧尋涼涼地說：「說明人家友情線上，暫時不會出現毆打兄弟的情況。」

駱駝撇嘴「嘖」了一聲，「你的戾氣怎麼這麼重呢？」

他指骨敲了敲桌子，「說明她跟她那個心上人暫時沒什麼希望啊！」

餐廳的駐場歌手登臺，燈光漸漸暗了下來。

背景牆投下的陰影中，顧尋幾不可查地勾了勾唇角。

「你吃不吃？不吃就買單走人。」

「急什麼，我難得放假。」駱駝打量臺上的歌手一眼，瞇眼跟著哼了兩句歌詞，又問，「等一下吃完我們有什麼娛樂活動？」

顧尋說了個清晰的安排：「我回學校，你回酒店。」

「不是吧？」駱駝不滿地皺眉，「江城的那個什麼公園的跨年煙花不是很出名嗎？」

他想到萬人齊聚一處，一邊倒數著新年的到來，一邊看著煙火，露出憧憬嚮往的眼神，「難道你不準備帶我去看看嗎？」

顧尋抬眼看著他，面無表情。

「郭洛，你是不是覺得你自己很浪漫？」

印雪之所以選擇這家爆滿的餐廳，是因為它距離湖心公園很近。

兩人排隊花了一個多小時，吃飯只花了不到四十分鐘。

但她們走出商場，看著不遠處高架橋上水泄不通的車流，頓時覺得等一個多小時還是值得的。

兩人步行不到二十分鐘便到了湖心公園，門口大大小小的攤販張燈結綵，叫賣著閃閃發亮的頭箍和各式各樣的仙女棒。

印雪拉著岳千靈擠進人群裡，花了半個多小時挑選一些裝飾物，把自己打扮得花裡胡俏的。

公園裡火樹銀花，斑駁陸離，讓死氣沉沉的冬夜變得五彩繽紛。

除了零點的煙火，湖心公園的 cosplay 表演以及歌舞和其他遊樂場所差不多。

印雪找了個光線好的地方，先拿著手機一頓自拍，又拉著岳千靈各種姿勢各種角度拍了幾十張照片。

而後，岳千靈一路閒逛，印雪顧著低頭修圖。

好一陣子，她終於挑選出兩張最滿意的，準備上傳動態。

上傳之前，她把手機遞給岳千靈看一眼：「我用這兩張啊。」

岳千靈隨意地瞥了一眼，「隨便。」

印雪點了點頭，又問：「相簿裡還有好多張呢，妳選幾張？」

「妳隨便傳幾張給我吧，有沒有修過無所謂。」

反正她要這些照片，只是為了保存下來留個紀念，沒想過上傳社群。

這幾年，因為學業、校園活動，以及實習後的工作接觸，岳千靈聊天軟體上加了不少算不上朋友的人。

每次她一發照片，就有好多她連臉和名字都對不上的男生來私聊她。

尬聊的還好，敷衍兩句還能找藉口終止對話。

遇到那種死纏爛打的，幾乎除了拉黑沒有其他解決辦法。

聊天軟體好友與日俱增，次次都單獨分組也麻煩，久而久之，岳千靈就沒什麼發動態的心思了。

一年到頭，只有節假日會憋出幾句祝福語。

印雪發了動態後，把手機放進包裡，挽著岳千靈朝湖心走去。

「今年好像還有燈會，去看看吧。」

兩人進公園時已經接近十一點了，再隨便閒逛一下，跨年煙火便蓄勢待發。

岳千靈和印雪沒有刻意找路，順著人潮不知不覺站到觀賞煙火的地方。

她們兩個女生身材嬌小，站在人堆裡視線被遮了一大半。

兩人在人群裡擠了半天，終於找到一個臺階。

一站上去，視線果然寬廣得多。

印雪踮起腳，漫無目的地四處掃視，突然看見什麼，猛地拉住岳千靈的手。

「看！那個是不是顧尋？」

「顧尋」這個名字就像一個神奇的按鈕，岳千靈只要一聽見，所有注意力都會集中於此。

她立刻回頭，順著印雪指的方向看過去。

夜色濃稠，燈光炫目。

顧尋穿著黑色外套，站在茫茫人海中，隔著二十多公尺，雖然他的臉被閃爍的光影照得模糊不清，但他比四周的人都高了一個頭，清晰俐落的面容輪廓佼佼不群，很容易被人一眼捕捉到。

那一瞬間，岳千靈原本普普通通的心緒像火光一樣被點燃，眼裡映著五光十色的彩燈。

她終於有了興奮感，不是節日帶給她的，是顧尋帶給她的。

不過他怎麼來這裡了？

岳千靈略一思忖，突然有些緊張，不知道他是不是陪哪個女生來的。

否則他一個大男生，怎麼會有閒情逸致來這裡看跨年煙火。

「該不會是約了女生吧？」

印雪和岳千靈顯然是同一個想法。

於是岳千靈踮起腳精準搜尋了一番，確定顧尋身旁的女生都不是他的同行，並且還看見了今天下午遇見的那個微胖男人後，岳千靈才放下了心。

隨著時間逼近零點，觀景臺的人群越來越擁擠，開始緩緩朝最佳視野的地方挪動。

「要不然我們擠過去？」

岳千靈拉住印雪的手，躍躍欲試。

印雪看著水泄不通的道路，拍兩下手掌：「來，岳千靈妳給我往前擠，妳要是擠得過去我印雪今天就算冒著進警局的風險也把顧尋綁到妳床上。」

「……」

話糙理不糙。

岳千靈收起衝動，老老實實地站在臺階上。

不過此時她的心情已經不復剛才，隔著人海，只要遠遠地看顧尋一眼，那種不需要共鳴的開心就在心裡蔓延開來。

正好這時，公園隨處可見的模擬石頭音響放起了音樂。

歡樂的ＢＧＭ把節日氣氛推向高潮，原本喧鬧的人群漸漸沸騰。

在萬人倒數聲中，岳千靈遙遙地看了顧尋一眼。

視線還沒來得及收回，「砰」一聲。

新年第一發煙火伴著這聲巨響升空，在浩瀚的夜幕中碩然綻放成璀璨星空。

觀眾的歡呼聲在這一刻達到頂峰，氣氛還未見一絲鬆懈，煙火緊跟著接二連三躥上天空，交織出一片五光十色的絢麗光影。

幾乎所有人都拿出手機記錄這個時刻，但岳千靈看見顧尋只是抱著手臂站在原地，側頭和身旁的同伴笑了一下，便仰著頭繼續看焰火，側臉的輪廓在交相輝映的光暈中反倒更明晰。

岳千靈立刻拿出手機，打開相機，對準半空。

在煙火綻放到最盛大的那一刻，她按下了拍照鍵。

照片上半部，是絢爛的煙花。

下半部，是密密麻麻的人群。

拍好照後，岳千靈打開動態，發現幾乎所有人都在這一分鐘內發了新年祝願。

她勾了勾唇角，將這張照片發了出去，配文四個字。

『新年快樂。』

反正沒有人會發現這張照片裡，黑壓壓的人群中有顧尋的模糊身影。

而顧尋也不會知道，她悄悄地對他說了一句簡單的祝福。

「大海啊，全是水。跨年啊，腳上全是腿。」

煙火秀進行到一半，駱駝已經被踩了不下十次，他終於知道兩個大男人跑來看這什麼跨年煙火是個錯誤的決定。

好在他們的位置並不算靠前，想要退出是一件容易的事情，沒幾分鐘便離開了人堆。

「我還是回酒店打遊戲吧。」

顧尋嗤笑一聲，問他：「浪漫了嗎？」

「喜歡，下次還想要。」

駱駝恬不知恥地咂了咂嘴，摸著腦袋四處張望，找到廁所，「我去去就來。」

顧尋沒去，在原地等他。

這時大部分的人都在看煙火，路上反而沒什麼人。

顧尋靠著遊樂設施的欄杆，掏出手機。

頭頂煙火依然在綻放，巨響一聲蓋過一聲，反而襯得這個地方格外安靜。

手機裡收到了不少新年祝福，顧尋回了幾則親戚傳來的，很快便失去耐心，後面的連看都沒看。

他將訊息清單往下滑了很久，終於找到小麻花。

兩人的對話還停留在昨天。

顧尋打開訊息欄，敲了四個字。

但訊息傳出去的前一秒，他看著她的頭像，頓了片刻，然後點進她的動態。

十分鐘前，她更新了一張照片，配文也是那簡單的四個字。

顧尋掃了一眼，本打算關上了，天空又響起一陣煙火綻放的巨響。

他蹙了蹙眉，再次低頭看了那張照片一眼，突然定住了眼神。

這片夜空，這絢麗的煙花，這拍照角度。

無一不在說明她也在這個地方。

隨著上空的煙火一陣陣地綻放，顧尋的情緒像此刻正極速膨脹的空氣，無聲地爆炸，抓不住清晰的思緒，說不清為什麼，但那股想要見她的衝動又捲土重來，比幾個小時前更洶湧。

他凝神片刻，突然收起手機，掉頭朝觀景臺走去。

可是離開了一下子，觀景臺的人比剛才還多，千萬個人挨山塞海，張袂成陰，裡面的人退不出來，外面的人擠不進去。

顧尋被困在人山人海裡，進退不得，乾脆拿出手機打了個語音電話給她。

等待接通的那幾秒，煙火秀暫告一段落，正在為下一個主題蓄勢。

沒有煙火的巨響，四周顯得安靜多了，顧尋心裡卻湧上一股莫名的躁意，撓得他心癢難耐。

他突然覺得自己有點神經病。

人家都不想出來和他見面，他在這裡找什麼。

要不是印雪提醒，岳千靈根本沒注意到自己的手機在震動。

她以為還在加班的主美術有什麼事情找她，連忙從包裡拿出手機，看到來電顯示的時候愣了一下。

他怎麼會這個時候打語音電話過來？

岳千靈愣了片刻，才接通。

「喂，怎麼啦？」

然而電話那頭，卻沒人說話。

因為離燃放煙火的位置很近，爆炸聲格外大，四周人聲鼎沸到了極點。

岳千靈以為對方聽不見自己的聲音，又加大了音量：「有事嗎？我在外面很吵，沒事我掛了。」

對方還是沒有說話。

煙火正進行到最盛大的環境，耳邊人聲如浪般一波蓋過一波，岳千靈心想他多半是手機擠壓導致誤撥，這種事情她經常遇到，於是準備掛了。

手機剛離開耳朵一公分，聽筒裡終於傳來聲音。

他那邊的環境似乎也很嘈雜，但岳千靈還是清楚地聽見了他說的話。

『沒什麼事，新年快樂。』

本輪煙火秀以一道組合煙花的驟然綻放暫時告一段落，炫光逐漸暗淡，將黑色歸還於夜幕，而觀眾還沒從絢麗景象中回過神來，觀景臺寂靜了片刻。

就是那一、兩秒，四周嘈雜的人聲不再，而電話那頭的人似乎也沒立即反應過來，一聲不響。

全世界彷彿都安靜了。

突然，下一個主題的首發煙火旋轉升空，在夜幕中盛放成一蓬蓬巨大的星狀花朵。

巨響震徹天際，炸開了濃稠的夜色，也炸開了一直堵在顧尋心裡的東西。

他看著天際的煙火，不等電話那頭的人說話，勾了勾唇角，「掛了。」

顧尋俐落的把手機放進外套口袋裡，一轉頭，便看見駱駝正朝他小跑過來。

「我上個廁所出來你人就沒了？」

駱駝喘著氣停在他面前，環顧四周，發現他又回到觀景臺，「我他媽找你找了一大圈，打電話也打不通，結果你又回來了？」

顧尋面不改色地搭著駱駝的肩膀，慢悠悠地往出口走去，「等得無聊，隨便逛逛。」

駱駝沒多想，只覺得確實有點睏了，腳步比顧尋還快。

兩人很快離開湖心公園。

因為煙火秀還沒結束，路上行駛還算通暢。

上了高架橋後，駱駝打開車窗吹了下風，拿出手機打了個電話給自己老婆。

兩人在一起十幾年，沒那麼多甜膩的話，簡單聊了幾句後便掛了，駱駝看起了朋友動態。

十幾秒後，他突然伸手，把手機塞到顧尋面前。

「我靠！你看！」

顧尋瞥了螢幕一眼，「怎麼？」

「這是不是我們剛才看煙火的地方？」駱駝激動地晃手機，「小麻花剛剛跟我們在同一個地方呢！」

顧尋眉心輕微地跳動了一下，嘴角帶著若有似無的弧度，漫不經心地「嗯」了一聲。

「嗯？你就嗯一聲？」

駱駝恨鐵不成鋼地拍一下大腿，回頭張望，湖心公園已經徹底消失在視線裡。

「唉，我早點看動態，你們就不至於這麼失之交臂了！哎呀！林尋！可惜啊可惜！」

顧尋沒被駱駝的情緒感染到半分。

「有什麼可惜的？」他的手臂搭在方向盤上，看著前方連成排的路燈光暈，漫不經心地說，「來日方長。」

「也對，是我莽撞了。」駱駝摸了摸後腦勺，說道，「人家現在都沒有想見面的欲望，那句話怎麼說的？」

他花了幾秒鐘來想措辭，「嗯，要她想見你的時候，你們的見面才有意義。」

此刻車正好停在十字路口，顧尋放在中控臺的手機震動了一下，進來一則新的訊息。

糯米小麻花：『你玩真心話大冒險輸了？』

顧尋盯著這行字看了半晌，腦海裡莫名浮現出一個古靈精怪的女孩一臉茫然地看著手機的模樣。

他嘴角的弧度又深了些，偏著頭，迅速敲了幾個字。

菜也犯法嗎 sir：『妳就當做是吧。』

什麼叫『妳就當做是吧』？

岳千靈看見這則回覆，更茫然了。

這人大晚上打電話過來，什麼也不說，沉默半天後跟她說了句「新年快樂」。

怎麼也不像正常行為。

她還想繼續追問，但這個時候整個觀景臺的人都在退場，擁擠不堪，一不小心就會發生踩踏事件，岳千靈只好把手機放進包裡，專心致志地走路。

她們花了半個小時才走出湖心公園，道路上的車堵得水泄不通，喇叭聲此起彼伏，尖銳刺耳。

幸好兩人原本就不打算回學校，提前訂了附近的酒店，沒有在路上花太多時間。

洗完澡，岳千靈躺在床上，還記掛著林尋打電話給她的事。

總覺得有什麼地方不對勁。

從青春期開始，岳千靈其實遇過不少這樣的事。

每逢節日，總是有學校裡的男同學傳訊息或者打電話給她，年齡小的時候懵懵懂懂，長大了點，她也知道是什麼意思。

正因為如此，她今晚才百思不得其解。

總不會……

林尋也是跟那些男生同一個意思吧？

「印雪。」她翻了個身，搖了搖印雪的肩膀，「問妳一件事。」

印雪睏到不行，迷迷糊糊地「嗯」了一聲。

「如果妳有一個網友，就是打遊戲認識的那種。」她躊躇片刻，才又接著說，「大晚上打電話給妳祝妳新年快樂，他是什麼意思啊？」

印雪扭頭，半睜著眼睛看向岳千靈，有氣無力地說：「唔……打遊戲認識的……那你們見過面嗎？」

岳千靈：「沒有。」

「……」

印雪深吸一口氣，閉上眼睛，「岳！千！靈！」

岳千靈：「嗯？」

印雪：「妳該不會以為一個沒見過面的網友都會拜倒在妳的石榴裙下吧？」

「……」

岳千靈沉默著，覺得好像也不是完全不可能。

半晌沒聽到岳千靈回話，印雪側眼看著她：「妳也不看看自己打遊戲的時候是什麼德性，別的女生會撒嬌會賣萌，當然會吸引男生，但是妳呢？」

她抬起手臂，作關公狀，開始模仿岳千靈打遊戲時說話的語氣。

「來人吶！把我的大狙抬上來！」

「狗東西，我今天就是死也要帶走你們隊唯一的妹子，破壞你們遊戲體驗！嘻嘻！」

「什麼？兩槍還沒爆你二級頭？看我反手一個檢舉！」

「老陰逼！我一拳把你幹回快樂老家！」

「……」

房間裡寂靜無聲。

岳千靈翻身蓋上被子。

「晚安。」

岳千靈一覺睡到第二天早上十點。

酒店的遮光窗簾將亮光完全隔絕在外，房間裡只開了一盞昏黃的床頭燈，偶爾有喇叭聲傳來，伴隨著印雪綿長的呼吸聲。

岳千靈翻身背對著印雪，拿出手機。

很巧，幾分鐘前駱駝和小麥已經在群組裡聊起來了。

駱駝：『你們江城這邊什麼早餐比較好吃？』

小麥：『？』

小麥：『你沒跟林尋在一起？』

駱駝：『廢話，我們昨晚就分道揚鑣了，我在酒店。』

小麥：『那你們今天準備怎麼過？』

駱駝：『不準備一起過，我下午要去代工廠看一下，晚上就回去了。』

駱駝：『唉，頭髮挺長了，要收拾收拾再去見人。』

駱駝：『你們江城哪裡頭髮剪得好？』

此時顧尋剛剛和蔣俊楠打完籃球，兩人正往宿舍走。

他拿出手機看到駱駝問的話，正要打字，突然又彈出一則訊息。

糯米小麻花：『寺廟。』

駱駝：『……』

小麥：『哈哈哈哈哈哈。』

顧尋看到這裡也低著頭，輕笑了一聲。

蔣俊楠瞥他一眼：「你笑什麼？」

「沒什麼。」

顧尋沒再繼續打字，看著群組裡的訊息一則則蹦出來。

駱駝：『妳醒啦？』

糯米小麻花：『嗯。』

駱駝：『娛樂早班「雞」？』

糯米小麻花：『現在不行，我朋友還在睡覺呢。』

駱駝：『好吧，那我起床了。』

糯米小麻花：『我也準備吃個早飯。』

駱駝：『妳吃什麼？』

駱駝：『有沒有什麼好吃的早餐推薦？我在這裡吃了就不吃午飯了。』

早餐啊……

岳千靈平時早餐吃得比較隨便，常常都是在便利商店解決的。

不過駱駝遠道而來，作為朋友，雖然只是網友，她也想讓駱駝在這裡吃好玩好，於是她開始一個個私訊那些本地同學，問他們有沒有什麼推薦的。

幾分鐘後。

糯米小麻花：『（分享網址）。』

糯米小麻花：『這家店的米粉特別好吃，只是不知道你那邊點不點得了外送。』

駱駝：『我看看哦。』

駱駝：『這家店的特色是香菜啊……』

駱駝：『媽耶，我不吃香菜。』

糯米小麻花：『你不吃香菜？』

駱駝：『……』

駱駝：『說出來妳可能不信，我們這個群組裡，除了妳，其他人都不吃香菜。』

駱駝：『@校草，你出來說說，是不是？』

顧尋本來想回一個「香菜也是人吃的東西？」，但他的字還沒打出來，蔣俊楠突然用手肘撞了他一下。

「我們中午吃什麼？」

顧尋：「都行。」

蔣俊楠聞言，重重地嘆氣：「都行都行，我現在聽見都行兩個字就頭皮一緊！」

他擰開礦泉水猛灌了自己一口，才又接著說：「昨天晚上跟我女朋友出去吃飯，問她吃什麼，她也說都行，結果你猜怎麼了！」

顧尋的視線落在手機上，只「嗯」了一聲示意蔣俊楠自己在聽。

「就因為記不住她的喜好，我的頭都被罵爛了！」蔣俊楠想起昨天晚飯的場景，還覺得一陣後怕，「我的天，我記得她不吃蔥，結果她說她只是吃麵的時候不吃蔥，吃燒烤一定要加蔥的。還有蒜，我分明記得她說過蒜蓉生蠔很好吃，幫她點了好幾個，結果她又說她不吃蒜了，這誰記得住啊！」

蔣俊楠話音剛落，顧尋手機裡又跳出兩則訊息。

糯米小麻花：『你們真是失去了人生一大樂趣！』

糯米小麻花：『我太喜歡香菜了！』

顧尋抬了抬眉梢，扭頭看著蔣俊楠，「然後呢？」

「能怎麼辦？當場認錯唄。」蔣俊楠無奈地撇嘴，「然後我昨晚花了一個多小時，把她的喜好全部記在備忘錄裡了，以後跟她出去約會前我必背誦十遍！」

「至於嗎。」

顧尋鼻腔裡輕哼了聲，視線再落到手機上時，看見岳千靈又傳了一則訊息。

糯米小麻花：『如果是辣椒調味料裡加上一把切碎的香菜，那就更讚了，我能一天三頓都吃這個！』

他的目光倏忽變幻，心裡莫名蕩起一陣輕微的漣漪。

隨後，他點進小麻花的個人資訊，選擇修改好友備註。

他先是簡單敲出了「辣椒香菜」四個字，就跟在她的ＩＤ名稱後面。

按確認鍵的時候，他卻頓了一下。

隨即刪除了全部文字。

然後，將她的備註改成了——「愛吃辣椒的香菜精」。

岳千靈和印雪的計畫原本是起來洗漱後，找一家餐廳吃飯，然後逛逛街，六、七點左右便坐地鐵回學校。

真是輕鬆又愉快的新年第一天。

但現實總比計畫骨感。

臨近十二點，沒有一個人想要起床的意思。

最終午飯是外送解決的，原定的逛街計畫也變成了在床上玩手機。

磨蹭到下午四、五點，兩人直接踏上回校的歸程。

沒有外出過節的學生在學校附近的餐廳聚餐，因此這個時間，學校周遭的步行街反而格外熱鬧。

印雪從地鐵站出來，看見這樣熱鬧的景象，莫名有點傷感。

「唉，今年過年早，下下週就放寒假了，我們人生中最後一個寒假了，幾個月後，我們就不是學生了，我好捨不得啊嗚嗚嗚。」

岳千靈本來開開心心的，聽印雪這麼一說，心情也受了點影響。

「是啊，以後到哪去住兩千塊一年的市中心地鐵直達公車圍繞的地段啊。」

「……」

印雪那點傷春悲秋的細膩心思頓時沒了，「妳說得也對，我們下學期回來就要著手開始找房子了吧。」

她們都不是江城人，要留在這裡工作，租房是不可或缺的一個環節。

但是兩人工作的地方相隔有些遠，如果想繼續住在一起，好像有些困難。

她們一邊聊著這個問題，一邊向學校大門對面的步行街走去。

這一年多來，她們已經把學校附近的餐廳吃了個遍，對每家的口味與價格如數家珍。

或許是早上駱駝提了一下香菜的事情，岳千靈突然很想吃一家中餐店的香菜牛肉，而印雪也沒什麼異議，兩人直接進了那家餐廳。

這家店生意一直很好，岳千靈和印雪走進去時只剩下兩張靠近大門的桌子。落座後，兩人不用看菜單就點好了菜，畢竟這家店最出名的就是香菜牛肉，她們兩個女生胃口不大，再點一個素菜一個湯便夠了。

她們熟門熟路地點好了菜便開始各自玩手機。

岳千靈看社群看得入神，沒有注意到四周的情況，直到後面那桌的女生竊竊私語，話語中出現一個熟悉的名字。

「欸欸，快看，那是顧尋吧？」

岳千靈像被按了鍵一般倏然抬頭，果然看見顧尋和一個男生一同走了進來。

那個男生岳千靈之前在籃球場見過，好像是顧尋的室友。

兩人進來便直接坐了僅剩的那張空桌，分坐兩端，蔣俊楠面對岳千靈，顧尋則背對著她。

服務生連忙拿著菜單走了上去，他們也沒到處張望，注意力都在菜單上。

岳千靈不動聲色地用手肘撞了撞印雪。

印雪原本沒認出顧尋的背影，但是岳千靈這種反應，還能是誰，於是她小聲湊在岳千靈耳邊說：「這麼巧遇到了，不去打個招呼？」

「好尷尬啊，打招呼說什麼呢？」岳千靈想了想，「真巧，你也來這吃飯？然後他說，不然我來洗碗的？」

印雪撇嘴，無奈地嘆了口氣。

「妳怎麼學不會那些女生的聰明機靈呢，我看有的人隨時隨地都能找到機會搭訕。」

岳千靈也想啊。

她要是跟人家一樣會，就不會白白錯過那麼多機會了。

沒多久，岳千靈這桌上菜了，服務生一個託盤裡端了兩份香菜牛肉。

放了一份在她們桌上後，他又端著另一份去了顧尋那。

岳千靈的注意力一直在他們那邊。

她看見蔣俊楠對著香菜皺了皺眉，將它往顧尋面前推了些。

顧尋便拿起筷子，吃了一口。

岳千靈這個角度看不到他的表情，只見他一口接著一口，似乎還挺喜歡。

見這一幕，她不受控制地想像了許多畫面，有點小得意，忍不住要分享。

於是她又小聲對印雪說：「妳看見沒，顧尋也喜歡香菜牛肉，我們的口味還挺合得來的，以後至少不會在吃飯上面產生分歧。」

「……」印雪放下手機，冷冷瞥了她一眼，「看人家吃同一道菜妳就想到以後吃飯產不產生分歧了，那是不是人家請妳吃頓飯妳就要開始考慮以後學區房買在哪裡了？」

印雪，人間清醒。

岳千靈被堵得無話可說，印雪拍了拍她的腦袋，「我的乖乖，別東想西想產生幻想，有這功夫妳還不如想想怎麼先跟人家加上聊天帳號吧。」

岳千靈盯著顧尋的背影，手心有點微微出汗。

也是，上次一起回學校，她因為太緊張錯過了絕佳的機會，今天既然又偶遇了，她應該試一試。

蔣俊楠見顧尋已經連續吃了好幾口香菜牛肉了，忍不住放下筷子，問他：「你不是不吃香菜嗎？今天發什麼瘋？」

「試試不行？」

顧尋說著，又夾了一口。

「當然可以，但是你有必要嗎？」蔣俊楠抱著手臂，打量顧尋半晌，又摸著下巴，想了半天，問，「你是不是得了什麼不治之症，香菜是某種偏方？」

「……」

有時候顧尋真的特別想不明白蔣俊楠這種人為什麼會有女朋友。

他被看得沒了胃口，不滿地看向蔣俊楠，說道：「我是吃香菜，不是吃毒藥，你能不能別用那種眼神看著我？」

「要是有一面鏡子，我真想讓你照照你自己吃香菜時候的表情。」蔣俊楠把另外一道菜推到顧尋面前，語重心長地說，「都要吐了，就別吃了好嗎？哥，相信現代醫學，別信偏方，放過自己。」

顧尋這下子是既沒有胃口也沒了心情。

況且——香菜吃起來是真的很噁心。

他放下筷子，拿起手邊的水壺倒水。

蔣俊楠也是不吃香菜的，這時桌上只有另外一道素菜，他滿心等著吃排骨，便不住地往裡面的廚房張望。

這一張望，就看見了岳千靈。

「喂。」他伸腿踢了踢顧尋，小聲說，「岳千靈在這裡欸。」

顧尋正在喝水，也沒聽清楚他說了什麼，等咽下去了，才「嗯？」了一聲。

蔣俊楠以為他不知道岳千靈這個人。

「岳千靈啊，美術學院的，你不知道啊？」

見顧尋沒吭聲，他又說：「大三才從江濱校區搬過來的，跟你一樣，是我們學校社群告白牆常駐選手啊，我們宿舍之前不是經常聊嗎？」

顧尋放下杯子，往後看了一眼。

岳千靈本來在偷瞄，猝不及防對上顧尋回望的目光，頓時慌亂無措，立刻就要扭開頭假裝看風景。

印雪瞧她這個樣子，立刻掐一下她的大腿。

岳千靈渾身一激靈，也反應過來了，於是她的視線亂撞了一番，又僵硬地回過去，再次對上顧尋的目光，她僵硬地朝他點了點頭，算是打招呼。

顧尋其實只是聽蔣俊楠那樣說，潛意識驅動他回了一下頭。

沒想到她真的在那裡，還跟他打了個招呼。

顧尋也只好點點頭，算是回應。

回過頭來，蔣俊楠驚訝地問：「你們認識啊？」

顧尋：「嗯。」

蔣俊楠：「什麼時候認識的啊？怎麼沒聽你提過？」

「我媽跟她媽是同學，之前一起吃過一次飯。」

顧尋三言兩語交代了他和岳千靈的關係，正好服務生端上其他菜，他便低頭繼續吃飯。

蔣俊楠卻久久沒回過神。

男生宿舍的夜聊話題除了遊戲、足球、籃球，就是美女。

特別是美術學院的人剛剛從濱江校區搬過來那段時間，宿舍裡幾乎每隔兩三天就會聊起岳千靈。

而顧尋從來沒搭過話，所以蔣俊楠一直以為他根本不知道這個人。

結果不僅知道，還認識。

蔣俊楠越想越覺得不可思議，忍不住偷瞄岳千靈。

幾分鐘後。

蔣俊楠突然小聲開口：「顧尋，我跟你說件事情，但是你先答應我，不要回頭看。」

顧尋抬了抬眉梢，「什麼東西這麼神祕？」

「我覺得……」蔣俊楠舔了舔唇角，把聲音壓得更低，「我覺得岳千靈喜歡你，因為她幾分鐘內已經偷瞄你好幾次了。」

「……」

顧尋夾菜的動作卡頓片刻，他扯了扯嘴角，調轉筷子的方向，夾了一塊香菜牛肉。

蔣俊楠以為他不信，補充道：「相信我，我的直覺絕對沒錯，她那個眼神，絕對是喜歡你。」

「嗯。」顧尋漫不經心地接話，「知道了。」

知道了。

就，知道了？

蔣俊楠簡直不敢相信自己聽到的話。

「你就一句知道了？哥？那可是岳千靈欸！」

顧尋抬眼，沒說話，但臉上的表情已經很明確地表達了他的意思。

那不然呢？

其實他早就有點這個感覺。

從第二次見面開始，他注意到岳千靈看自己的眼神總是不太自然，甚至不太敢直視他。

又常常在他視線以外的地方偷瞄他。

頻率之高，連顧尋自己都不經意發現過幾次。

包括後來的幾次碰面，她總是扭扭捏捏的，連話都說不順。

有些事情或許不需要明說，但顧尋心裡有數。

只是今天連蔣俊楠都看出來了，顧尋也更明確了。

可是，那又怎樣呢？

「你一個有女朋友的人，在激動什麼？」顧尋問。

若不是考慮到岳千靈就在離他們不遠的地方，蔣俊楠都要拍桌了。

「我是替你激動啊！你怎麼沒點反應？」

「我跟她又不熟，而且，」顧尋停頓片刻，撩了撩眼皮，輕飄飄地丟出一句，「我不是外貌協會。」

「瞎扯吧，還不是外貌協會，哪裡有不外貌協會的男人。」蔣俊楠一個字也不信，他覺得顧尋就是在裝，「你要是哪天真的帶一個長得一般的女生回來，我把頭剁下來給你涼拌下酒。」

顧尋突然沉默，不知想到什麼，思緒突然有點飄散。

他腦海裡開始描繪一張模糊的，但卻很靈動的臉。

半晌，他似自言自語一般說道：「或許長得也不錯。」

蔣俊楠：「什麼？」

「沒什麼。」

男生吃飯總是比較快。

差不多同時間進餐廳，岳千靈和印雪才吃到一半，顧尋那桌就已經吃完了。

而蔣俊楠接了個電話，先一步走了出去，留顧尋在這裡買單。

印雪見機，扯了扯岳千靈的袖子。

「趁這時他只有一個人，妳趕緊去找他要帳號。」

「現在嗎？」岳千靈慌張地看了看四周，「這麼多人呢！」

「就是人多他才不好拒絕妳啊！」

「那我要怎麼說？」

印雪恨鐵不成鋼地「嘖」了一聲，「妳就說、就說……」

但印雪也沒什麼追男生的經驗，卡了半天想不出來要怎麼說。

直到顧尋起身往外走了，印雪替岳千靈著急，目光一掃，突然看見走道上落了一張校園卡。

「機會來了！」印雪連忙指著地上的校園卡說道，「他的卡丟了！妳快送過去給他，順便加個帳號不是順理成章嗎！」

這種時候，岳千靈也有點著急，聽印雪這麼一說，腦子一熱覺得很有道理，立刻去把校園卡撿起來，追了出去。

顧尋和蔣俊楠還沒有走遠。

岳千靈攥著那張校卡，小跑了幾步便追上了他們。

「顧尋！」

聽見這道喊聲，顧尋和蔣俊楠同時回頭。

見是岳千靈，蔣俊楠做作地「咳」了一聲，小聲揶揄道：「你看，我沒說錯吧，這不就追上來了。」

顧尋冷著臉睨了他一眼，蔣俊楠立刻收起調侃的表情。

但顧尋再看向岳千靈時，臉色也沒有緩和幾分。

不過岳千靈沒多想。

因為她好像沒怎麼見過他除此之外的表情。

就算有，也是更臉臭的模樣。

她小步邁了過去，微微仰著頭，把卡遞給他，柔聲說道：「你的校園卡剛剛掉在地上了，還好沒有走遠。」

蔣俊楠聞言，有些詫異地挑了挑眉，思忖片刻後，嘴角揶揄的笑意更是藏不住。

為了憋笑，他拿手抵著嘴巴轉開了頭。

而顧尋垂眸看著岳千靈手裡的校園卡，一言難盡的心情不便表達，只扯了扯嘴角，「我的？」

岳千靈眨了眨眼，還沒反應過來是什麼意思，就聽到身後一個氣喘吁吁的聲音大喊道：

「同學！」

隨即，一個戴眼鏡的男生跑到岳千靈面前。

看見她手裡的校園卡，頓時鬆了口氣。

「哎喲，總算追上妳了，謝謝妳啊。」

「……」

岳千靈看了那個男生一眼，又看了看自己手裡的校卡。

姓名：萬小鵬。

那一瞬間，岳千靈腦海中有無數道火花閃過。

她明白了什麼，但還是不死心地問：「你的？」

男生點頭，看著岳千靈手裡的卡，說道：「對啊，謝謝啊謝謝，剛剛吃飯的時候不小心掉地上了。」

見岳千靈愣著，沒有要還卡的意思，男生又補充道：「幸好被妳撿到了，不然這個時候補辦校卡太麻煩了。」

「……」

怎麼講呢。

如果殺人不犯法，岳千靈此刻已經提刀去砍印雪了。

她想不通，為什麼人生中最尷尬的時刻，一次不差地都在顧尋面前。

哦，顧尋。

她現在根本不敢去看顧尋。

光是感覺到他落在自己頭頂的目光，岳千靈就要窒息而亡了。

但是現在她要穩住形象。

「不客氣不客氣。」她強行憋出一個笑，「下次小心點。」

男生有些靦腆地點了點頭，接過校園卡後，卻沒有走。

「謝謝啊。」他清了清嗓子，害羞地看著岳千靈，說，「那……方便加個聊天帳號嗎？」

我靠。

我靠靠靠。

桃花什麼時候來不好，非要這個時候來？

岳千靈平時挺能應對這種情況的，但此刻在顧尋面前，她莫名感覺臉上籠罩著一層火辣辣的灼燒感。

不知為何，在顧尋面前被陌生男生搭訕，她只覺得難堪又窘迫，生怕自己一個處理不好，就會被顧尋誤會什麼。

她漲紅了臉，抿著唇，看了顧尋一眼，很快收回了目光，囁嚅著開口：「不、不太方便……」

男生頓時臊得不行。

不只是因為岳千靈拒絕了他，還因為她剛剛看顧尋的那一眼。

男生明顯感覺到顧尋的臉色很不好，甚至有點不耐煩，而旁邊的蔣俊楠也面露尷尬之色。

他好像明白了什麼。

「不好意思不好意思。」他連忙道歉，「我不知道妳有男朋友了！」

然後立刻又轉頭對顧尋說：「真是不好意思啊。」

岳千靈：「……」

她迷茫地看向顧尋。

那個男生也訕訕地看著顧尋。

而顧尋在兩人的注視下，面不改色地轉頭看向蔣俊楠。

「你嗎？」

蔣俊楠：「什麼？」

顧尋：「你什麼時候換了女朋友？」

蔣俊楠：「……啊？」

第六章　回來還愛我嗎？

岳千靈覺得，顧尋還挺厲害的。

一句話就把所有尷尬轉移給其他人，獨善其身。

如果當事人不是她自己的話。

此刻，應對尷尬最有效的方式就是逃避。

那個男生顯然已經搞不清楚現在的狀況了，只知道自己可能搞了個大烏龍，訕訕地摸了一下後腦勺，掉頭就走。

始作俑者一走，留岳千靈善後。

但她除了強顏歡笑，想不出別的辦法。

「原來你的校園卡沒弄丟啊，太好了。」岳千靈不動聲色地退了一步，皮笑肉不笑，「那……新年快樂。」

說完，她氣定神閒地轉身。

直到轉了個彎，確定自己的身影不在顧尋他們的視線裡後，才一路小跑起來。

回到餐廳，她喘著氣，垂著眉眼，活像剛經歷了一場生死劫。

不用開口，印雪就知道事情肯定沒有按照她的預料發展。

但怎麼至於這副表情？

「怎麼了？沒要到嗎？」

「別提了！」

岳千靈捂著臉，不肯回答印雪的問題。

朝夕相處了幾年，她早該知道印雪這個母胎 solo 在這方面極不可靠。而她們一個敢教，一個竟然也敢聽。

現在好了，不僅帳號沒要到，還丟臉丟大了。

好一陣子，岳千靈整理好情緒，抬起頭繼續吃飯，但就是不告訴印雪發生了什麼。

直到兩人回了宿舍，她才有勇氣把剛剛發生的事情一五一十地告訴印雪。

但印雪這個狗頭軍師不僅不自我反思，一點同情心都沒有，笑到巡寢的宿管阿姨來問她們是不是違規用水壺燒開水。

元旦就這麼不太愉快地收了尾。

短暫的假期結束，四號早上，岳千靈照常去上班。

因為走到學校門口才想起忘了拿手機，岳千靈折返回去拿手機，耽誤了二十多分鐘，她到公司的時候比平時晚一些。

小組的人幾乎都到了，看起來和往常沒什麼差別，等岳千靈坐下了，卻覺得哪裡不對。

她打量一圈附近的同事，大家都沒說話，但總有若有似無視線落在她身上。

於是岳千靈打開電腦，登錄聊天軟體，找出黃婕的聊天欄。

糯米小麻花：『發生什麼事情了嗎？』

坐對面的黃婕望了岳千靈一眼，抿著笑打字。

黃婕：『妳沒發現少了一個人嗎？』

岳千靈再次掃視四周，突然睜大了眼睛。

糯米小麻花：『尹琴該不會被開除了吧？』

黃婕：『倒是不至於，只是上週她在電梯裡那事在公司傳開了，她大概也知道自己萬眾矚目了，所以到現在還沒來。』

黃婕：『要不是現在行情不好，我覺得她都要辭職了。』

黃婕：『反正換我，我是待不下去的。』

黃婕的訊息剛彈出來，岳千靈便聽見背後有腳步聲。

一回頭，尹琴果然姍姍來遲。

她看起來和平時沒兩樣，但仔細看面容，確實有點憔悴。

看來這個元旦小長假過得不是很舒心。

不過尹琴最擅長的就是假裝無事發生，她放下包，依然笑盈盈地跟大家打招呼，只是略過了岳千靈而已。

岳千靈不在意這些，不跟尹琴打交道，她求之不得。

只是想到以後要和跟自己有點過節的人共事，還是有點鬱悶。

她甚至想，如果時間能倒流，她希望自己當個隱形人，不要捲入這些莫名其妙的風波中，讓她的生活過得更舒心一點。

但老天好像偏不如她的願。

十一點的例會上，主美術倒是沒什麼異樣，一切如常，只是分配任務的時候，明顯把尹琴邊緣化了。

作為一個名義上的組長，卻畫著邊邊角角的場景，饒是尹琴再能裝，此時臉上也有些掛不住。

在座的人心知肚明，主美術的行為多多少少是老闆的意思。

尹琴不能怪老闆，不能怪主美術，只能暗自不爽地看了岳千靈一眼。

恰好岳千靈一抬頭接住了這個眼神，尹琴又略微慌亂地移開了視線。

岳千靈無聲地嘆了口氣，心知這梁子大概是結下了。

其實岳千靈一直不明白尹琴為什麼不喜歡她，回想實習的這段時間，她不覺得自己有做錯什麼事情。

雖然她平時不太熱情，下班之後還有點喜歡躲懶，但是分內的事情從來沒有耽誤過，也沒有給別人惹過麻煩。

思來想去，大概只能是因為——她太美了？

例會結束之後，大家陸陸續續離開會議室，相繼去拿午餐外送。

電梯裡，黃婕看著票務軟體，問道：「要放假了，妳買票了沒？」

「不急，我坐高鐵就行。」

說到這個，岳千靈突然掏出手機，想跟她媽媽說一聲回家的事情。

一打開聊天軟體，卻看見一則未讀訊息。

唐信：『千靈，妳什麼時候回家？』

岳千靈撓了撓頭，不情不願地打了幾個字。

糯米小麻花：『還沒確定。』

唐信：『那妳確定了跟我說一聲，我去高鐵站接妳。』

糯米小麻花：『不用麻煩啦，我爸爸會來接我。』

唐信：『沒事，不麻煩，反正我放假早，在家裡待著也沒什麼事。』

話都說成這樣了，岳千靈不知道要怎麼拒絕。

這個唐信是前兩年搬到她家樓上的鄰居，兩家人關係挺好，父母們常常相約一起玩。

至於唐信本人，岳千靈對他沒什麼意見，只是感覺到……他喜歡自己。

他比岳千靈大一歲，在另一個城市讀研究所，所以平時只能在聊天軟體上找岳千靈聊天。

這一點岳千靈應付應付不是問題，但是每逢寒暑假，他就會格外熱情，總是找機會約岳千靈出去玩。

兩家抬頭不見低頭見，父母又相處得好，岳千靈沒辦法次次都拒絕。

而且又從來沒點明過自己的意思，岳千靈沒辦法精準擊破，只能跟他打著太極。

暗地裡她也表示過好幾次了，但唐信就跟聽不懂似的。

時間久了，真的有點累。

拿了午餐回到座位，岳千靈沒心情吃飯，盯著唐信的聊天欄，反覆斟酌著用詞，卻始終想不到完美的拒絕理由。

人家作為鄰居，好心來接妳，總不能這個情都不領吧？

可是這種小恩小惠接受多了，以後他要是真的表白了，岳千靈拒絕起來沒有底氣。

岳千靈連著嘆了好幾口氣，想找個人聊聊這個問題。

聊天欄往下一滑，便看見他們的遊戲群組。

男人是最瞭解男人的，說不定他們有什麼好辦法。

岳千靈略一思忖，便開始打字。

糯米小麻花：『問你們一件事。』

駱駝：『妳說，我正好在等午餐。』

糯米小麻花：『就是，如何在一個男生沒表白的情況下，打消他對我的非分念頭？』

駱駝：『？』

小麥：『？』

校草：『？』

小麥：『都沒表白，妳怎麼確定人家喜歡妳？』

糯米小麻花：『我就是確定！』

小麥：『那萬一妳誤會了呢？』

糯米小麻花：『怎麼可能誤會。』

糯米小麻花：『他經常找我聊天，噓寒問暖比我爸媽還勤快。每次放假回家他總約我出去玩，吃什麼好吃的也會帶回來給我，哦對了，逢年過節還總是送禮物給我。』

駱駝：『好了，那確實是喜歡妳。』

駱駝：『暗示暗示就懂了吧，比如約妳出去玩，妳拒絕幾次。』

糯米小麻花：『都是鄰居，跟爸媽關係不錯，總不好一直拒絕，以後還要相處的。』

小麥：『那妳直說吧，我覺得男的很多都聽不懂暗示。』

糯米小麻花：『這怎麼直說啊，多尷尬，抬頭不見低頭見的。』

小麥：『emmmm。』

小麥：『（撓頭.jpg）。』

駱駝：『這就難辦了。』

看來這群男的也沒什麼辦法。

那只能到時候再說了。

岳千靈又嘆了口氣，打開午飯，準備吃飯。

這時，群組裡又跳出一則訊息。

校草：『這還不簡單。』

糯米小麻花：『？』

校草：『下次他再約妳出去玩，妳就說妳要陪男朋友。』

校草：『這樣他還能不懂？』

糯米小麻花：『可是我上哪找一個男朋友擺在他面前？』

校草：『異地不行？』

校草：『陪男朋友打遊戲不行？』
糯米小麻花：『好像有點道理。』
糯米小麻花：『那萬一他要是不信呢？』
校草：『要是不信的話。』
校草：『我可以勉為其難扮演妳男朋友，打電話給妳。』
糯米小麻花：『有點東西！』
駱駝：『（微笑）。』
小麥：『（微笑）。』
糯米小麻花：『怎麼了，你們覺得不行嗎？』
駱駝：『沒有，我覺得非常行（大拇指）。』
駱駝：『某人太聰明了（大拇指）。』
小麥：『這太可以了，我怎麼就想不到這麼好的辦法（大拇指）。』
小麥：『真是一舉兩得呢（大拇指）。』
校草：『你們兩位有什麼毛病嗎？』
駱駝：『沒有。』
小麥：『沒有，非常好。』

糯米小麻花：『嘻嘻，那下次他約我出去玩，我就這麼說了。』
過了一陣子，岳千靈又想到另外一層。
糯米小麻花：『那萬一被我爸媽揭穿了怎麼辦？』
校草：『揭穿了不好？』
校草：『這要是還不懂妳在拒絕，是個傻子？』
糯米小麻花：『（大拇指）。』
校草：『還有問題嗎？』
糯米小麻花：『沒有了！』
校草：『晚上上線。』
糯米小麻花：『好！』
解決這個事情，岳千靈的心情一下子暢快了許多，一邊吃飯，一邊想著回去之後唐信要是再約她出去玩，她就立刻甩出一個男朋友。
一勞永逸。
眨眼便到了下班時間。
臨近春節，所有人的心已經飛到了假期，離開的時候三兩成群都在聊著過年回家要怎麼安排。

岳千靈站在電梯前，腦子裡正在排練何如騙唐信自己有男朋友。

能擺脫掉一個大麻煩，她還怪興奮的，想得入迷，直到面前的電梯門打開，她才猛然回神。

一抬眼，看見顧尋站在電梯裡。

岳千靈雙眼倏然亮了。

但是下一秒，想到前幾天發生的事情，那股羞恥感瞬間壓倒一切情緒，導致岳千靈不敢直視顧尋，默默低頭走了進去。

電梯緩緩下降。

轉過身，背對顧尋，她又回想起校園卡那一幕，連呼吸都變得小心翼翼。

安靜的窄小空間，她聽見一個女生說：「顧尋，你過年有什麼安排嗎？」

男人瞭解男人，同樣的，女人也瞭解女人。

光是這一句話，岳千靈就感覺到說話的人藏著怎樣的心思。

她頓時收緊呼吸，拳頭握緊，硬逼自己不要回頭看。

隨後，顧尋的聲音響起，「怎麼？」

女生的語氣很大方：「要不要去雲南玩呀？難得有這麼長的假期，我們在組隊呢，人多一點好玩一些。」

「……」

可惡！

岳千靈咬緊了牙，忍不住偷偷回頭。

迅速瞄了說話的女生一眼後她立刻收回目光。

不妙。

那個女生好漂亮。

而且還是第九事業部的3D建模師，朝夕相處的那種。

無數個不好的預感在岳千靈心裡飛速閃過，她屏住了呼吸，緊張地等著顧尋的回答。

同一時間，顧尋垂眼，目光掃過岳千靈的背影。

她一動也不動，耳朵有點紅，肩膀僵硬，手指緊緊攥著袖子。

看起來似乎很緊張。

「……」顧尋收回視線，平靜地說：「不去。」

聽見這兩個字，岳千靈大大地鬆了口氣。

然而這口氣還沒完全沉下去，顧尋的聲音又傳了過來。

「過年要陪女朋友。」

「……」

電光火石間，岳千靈感覺眼前一黑。

距離寒假不到兩週，學校裡已經開始張羅過年的布置。

綠蔭大道兩側的樹上掛滿了紅燈籠，花圃也張燈結綵，一到晚上，看起來格外有喜慶的氣氛。

岳千靈就像一個孤魂野鬼，在操場走了一圈又一圈。

夜跑的人陸續離開，不知不覺，岳千靈成了操場上唯一的人。

寒風肆虐，吹得岳千靈臉頰刺痛。

她的胸口像被一個大石頭壓住，明明在室外，卻堵得她呼吸不暢。

眼睛幾度泛酸，卻哭不出來，連一個合理的宣洩口都找不到。

畢竟，她連哭一哭的立場都沒有。

她早該知道的。

顧尋這樣的人，怎麼可能沒有女朋友。

人家從來沒有說過自己單身，一切期待都是她自己製造的，所以此刻的難受也只能自己承受。

可是一想到他平時那樣冷漠，卻會對另一個女生柔情蜜意，岳千靈便難受得幾度哽咽。

她的初戀才剛萌芽，就被掐滅。

而那個人，卻從來不知道她的心意。

操場的夜跑燈也關了，只剩幾盞遙遠的路燈施捨著微弱的星點燈光。

岳千靈坐在臺階上，試圖讓冷風把自己吹清醒一點。

這時，手機震動了起來。

她以為是印雪找她，連忙拿出來。

卻是林尋打來的電話。

岳千靈原本不想接，但她的手指凍得有點僵，按到了接聽鍵，只好把手機放到耳邊。

『幾點了，還沒到家？』

岳千靈不想說話，悶悶地「嗯」了一聲。

『活著就好。』他漫不經心地說，『給妳十分鐘的時間準備上線。』

岳千靈現在才沒有心情打遊戲，「不來。」

大概是聽出了岳千靈的情緒，電話那頭的人聲音突然變柔了，『怎麼了？』

怎麼了？

失戀了唄。

而且一聽到他說話，岳千靈就想到今天下午他出的那個主意。

沒想到，她還沒用到唐信身上，就孽力回饋到自己這裡。

真諷刺。

連帶著，岳千靈對林尋也沒什麼好氣。

她踢開腳邊的小石頭，沉悶地開口，「你真晦氣。」

林尋：『……』

不知道電話那頭的沉默是表達震驚還是無語。

總之，他好幾秒沒說話，岳千靈便掛了電話。

後來他又打電話過來，岳千靈沒接，傳了訊息給他。

糯米小麻花：『忙著呢，別煩我。』

校草：『（微笑）。』

之後他便沒了動靜。

在操場又吹了一下冷風，岳千靈趕在宵禁最後一分鐘跑回宿舍，印雪剛洗完澡出來，抱著一堆衣服，看見她趴在桌上，走過去拍了拍她的肩膀。

「又加班了？」

岳千靈沒說話，只是搖了搖頭。

同個宿舍住了幾年，印雪僅憑一個動作就感覺到她的情緒。

「妳怎麼了？」

好一陣子，岳千靈才抬起頭，張了張嘴，卻說不出話。

印雪看見她泛紅的眼眶，突然慌了，「怎麼哭了？誰欺負妳了？」

「沒有人欺負我。」岳千靈深吸一口氣，想控制住情緒，沒想到話一出口，嗓音便喑啞著，「就……就是今天知道顧尋有女朋友。」

「什麼？」

宿舍陷入極度的安靜。

好一陣子，印雪才眨了眨眼睛，「有女朋友？誰說的？」

岳千靈胸腔裡始終有一股無形的重物壓著她，並非想大哭一場的難過，卻壓得她連說話的力氣都變得斷斷續續。

一時間沒聽到她的回答，印雪下意識想安慰安慰她的心情。

「搞錯了吧，怎麼可能啊，從來沒見過啊。」

「要是真的有女朋友，不可能學校裡一個人都沒碰見過吧。」

「妳是不是看錯了，可能是朋友，或者妹妹。」

「我看女裝大佬也不是不可能。」

「……」岳千靈抬頭，揉了揉眼睛，聲音像得了重感冒，「我親耳聽他說的。」

「啊……」印雪抓緊了手裡的衣服，「他、他說什麼？」

「過年要陪女朋友。」

「這樣啊……」

印雪啞口無言，沉默半晌，覺得事已至此，安慰的路走不通，只好另闢蹊徑。

「也是，我之前就說他怎麼可能沒有女朋友，原來是異地的。」

「妳想開一點，沒什麼大不了的啊，世上男人千千萬，不行我們就換。」

「呃……」印雪自己都說不下去了，撓了撓頭，岔開了話題，「妳要不要去洗個熱水澡，會舒服很多。」

岳千靈說好，但依然在桌前坐著不動。

印雪最不會安慰人，知道自己這時候說什麼都沒用，岳千靈也不會有心情和她閒聊，於是只好吹乾頭髮躺上床。

正值考試週，學校早已停課，就連夜晚也格外安靜。

印雪在沉重的氣氛中難以入睡，又架不住睏意，昏昏沉沉中，不知過去多久，她聽見浴室裡響起水聲，才放心地睡去。

這段時間岳千靈明顯很消沉，每天回到宿舍就埋頭做畢設，駱駝他們叫她打遊戲她也沒興趣，只稱自己很忙，沒有空。

日子這樣一天天過去，岳千靈每天都為自己找事做，不然她一旦閒下來就會胡思亂想。

現實已經是這樣，岳千靈不想再庸人自擾，日子總要過下去。

只是夜深人靜的時候，她還是會陷入意難平的情緒中。

印雪曾說，做不成情侶，做朋友也挺好啊。

可是一見鍾情的人，怎麼甘心只做朋友。

她偶爾還會想，終究是自己不夠好，所以在第二次見面的時候顧尋就對她沒有任何興趣，才會蹉跎了那麼多次碰面的機會，卻沒有一絲進展。

直到人家有了女朋友。

這種時候，大概只有換個環境才能轉變心情，因此岳千靈格外期待放假。

回家這天，岳千靈簡單收拾一些行李，前往高鐵站。

途中她的爸爸打電話過來又問了一遍到達的時間，岳千靈想著不是唐信來接她，心情也輕鬆了些。

但沒想到她剛下車，就接到了唐信的電話。

『妳到了吧？我在三號出口，妳的行李重不重，要不要我來幫妳拿？』

怎麼又是他。

岳千靈有點煩，皺著眉說：「我爸呢？」

『岳叔叔跟我媽他們打麻將呢，叫我來接妳，妳出來了沒？』

「噢，來了。」

走出高鐵站，頂著明晃晃的日頭，岳千靈看見唐信的眼鏡在陽光下反射著光，卻依然擋不住他熱情的笑。

岳千靈沉沉地嘆了口氣，正要繼續邁步，唐信就上前幫她拿行李箱。

平心而論，唐信其實挺優秀的。

長得清秀斯文，學業不錯，脾氣又好，也沒什麼壞毛病。

就是有點過分熱情。

「不用了，我自己來吧，這個不重。」

「沒關係，妳一路上累了吧？好好休息。」

岳千靈拗不過他，只好順從地坐上了副駕駛座。

「今年就要畢業了吧？妳打算留在江城工作還是回青安啊？」

「江城。」

「噢，挺好，那邊機會多，實習還順利嗎？」

「還行。」

就這樣聊了一路，岳千靈都要為自己的敷衍感覺到有點不好意思了，唐信卻渾然不知似的。

下車後，他依然幫岳千靈拿著行李箱，等電梯的時候，他看著跳動的樓層，突然嘆了一口氣。

岳千靈總覺得他有話要說，便假裝沒聽見，眼觀鼻鼻觀心。

但六樓的人不知道在幹什麼，電梯停在那一層，一直不下來。

終於，唐信還是開口了。

「以前過年回家挺開心的，自從畢業後就不是那麼一回事了，爸媽總是催我找女朋友。」

「……」

岳千靈頭皮一緊。

果然，該來的還是會來。

她卡頓了半天，才乾笑了一聲，依然沒說一句話。

唐信又問：「千靈，妳爸媽會催妳嗎？」

岳千靈：「我還小，不著急。」

「也是。」唐信仰著頭，自言自語一般說，「那妳有男朋友嗎？」

「我……」岳千靈雖然從林尋那裡得到了應對準備，卻沒想到唐信問得那麼直接，她愣了一下，才支支吾吾地開口，「我有男朋友。」

「哦？有男朋友了嗎？」唐信眼裡有幾分驚訝，很快便轉為溫和的笑，「也是，妳這麼好看，怎麼會沒有男朋友。」

這種謊一旦撒出去，就要用無數個謊言來圓。

所以很少撒謊的岳千靈此刻其實很忐忑。況且剛失戀，還要憑空捏造一個男朋友，真夠糟心的。

她舔了舔下唇，不知道該說什麼。

「挺好啊。」唐信看著她笑，「趁著還沒畢業，該好好談戀愛。」

「哦……是啊。」

岳千靈偷偷觀察著唐信的表情，怎麼覺得……好像跟想像中不一樣？

正好電梯終於下來了，兩人一同走進去。

唐信低頭看了岳千靈一眼，躊躇片刻，又問：「能不能問妳一個問題？」

「嗯？」岳千靈點頭，「你說。」

「妳應該……很難追吧。」唐信有點靦腆地低頭笑，「妳男朋友怎麼追到妳的？」

這聽起來，怎麼有點那個意思呢。

岳千靈低頭不語，正躊躇著，唐信又問：「我想學一下，我追一個女生很久了都還沒追到。」

「啊？」岳千靈猛地抬起頭，「你追女生？」

「是啊。」唐信不好意思地撓頭，「我們是同一個導師的學生。她跟妳一樣，很好看，也很優秀，只是有點難追。」

我靠。

原來還真的是自己孔雀開屏了。

岳千靈睜大了眼睛，又羞又尬，一下子連話都不知道怎麼說。

還好她沒有直接把屏開到人家臉上去，現在還有挽救的餘地。

「還好啦……我不難追的，就自然而然的在一起了。」

「這樣啊，真羨慕。」

除了在顧尋面前，岳千靈還沒這麼尷尬過，她連話都不知道怎麼接，就那樣僵硬地站著。

還好唐信沒有察覺到這個氣氛，看了手錶一眼，說道：「大金他們也回來了，于於晚上到，我要去機場接他，要不要一起吃個宵夜啊？好久沒見了。」

他說的那幾個人都是住同一個社區的同齡人，平時關係不錯。

而且岳千靈一想到唐信平時對自己那麼好，她卻在背後議論人家，心裡愧疚感頓時拉滿，連忙答應下來。

「好的，沒問題。」

回到家裡，岳千靈連連跟唐信道了三個謝，還多塞一些水果給他讓他帶回家吃。

等他一走，岳千靈栽到床上，抱著枕頭滾來滾去。

還好她沒聽小麥的！

要是真的直說，一句「我不喜歡你麻煩你以後不要對我這麼好了」丟出去，她可以直接連夜買站票躲回江城了。

在床上翻來覆去幾個來回後，岳千靈頂著一頭亂糟糟的頭髮坐了起來。

正好岳千靈的媽媽回來了，一推開門，看見她這個樣子，嚇了一大跳。

「妳這孩子，衣服都不換就往床上坐，趕緊去給我換衣服！坐過高鐵多髒啊！」

被媽媽一頓吼，岳千靈沒心思想別的，連忙起身去換家居服。

她媽媽站在一旁看著她，「怎麼感覺妳瘦了？沒吃好嗎？」

岳千靈低頭看了自己的腰一眼，褲子確實有點鬆。

「唉，還好，只是有點累。」

她不敢告訴媽媽是因為失戀，好幾天都沒什麼胃口。

好在到了家裡，有事情轉移注意力，她不去想顧尋有女朋友的事情，時間便快得多。

沒過多久，岳千靈的爸爸也打完麻將回家了。

一家三口一起吃了晚飯，在客廳裡看一下電視，媽媽便催著她去洗澡。

「不急，我等一下要出門。」岳千靈說，「唐信叫我去吃宵夜，大金他們都回來了。」

剛說完，包裡的手機頻頻震動，岳千靈以為是唐信在叫她，沒想到卻是駱駝和小麥在叫囂著打遊戲。

小麥：『我媽天天叫我打掃，煩死了，等一下要不要打遊戲啊！』

駱駝：『我可以啊，你問問林尋。』

小麥：『@校草 @糯米小麻花。』

小麥：『好久沒有四排了，你們的電子競技事業已經懈怠了！』

自那天之後，岳千靈確實很久沒有心情打遊戲，只是偶爾跟他們聊兩句。

糯米小麻花：『你們還真是人菜癮又大。』
小麥：『……』
小麥：『怎麼突然罵人呢。』
駱駝：『妳好久沒來啦，放假了沒？』
駱駝：『晚上來甜蜜四排啊。』
糯米小麻花：『今天不行，等一下要出去吃宵夜。』
這時，一直沒有說話的那個人突然出聲了。
校草：『跟誰？』
糯米小麻花：『就是上次跟你們提的那個人。』
校草：『？』
提到這件事，岳千靈還是沒能忍住吐槽欲，轉過身背對爸媽開始打字。
糯米小麻花：『你們不知道有多尷尬，我今天都搬出男朋友大法暗示他了。結果他說他有喜歡的女生！』
糯米小麻花：『太驚險了！幸好我沒直說！』
小麥：『淦！我就說吧！人家沒表白，怎麼確定是喜歡妳。』
糯米小麻花：『（尷尬.gif）。』

駱駝：『哈哈哈哈，是誤會就好，免得以後不好相處。』

糯米小麻花：『唉，其實人家就是人好，都怪我亂想。』

校草：『妳怎麼知道他說的喜歡的女生不是妳？』

糯米小麻花：『？』

校草：『大晚上約妳出去，能是什麼好東西？』

糯米小麻花：『只是吃點宵夜而已。』

校草：『是嗎。』

校草：『妳多穿點。』

糯米小麻花：『？』

校草：『我怕妳冷。』

糯米小麻花：『你別這麼說……』

校草：『這叫男人最瞭解男人。』

岳千靈沒再跟他繼續閒扯。

但不知為何，她覺得林尋那麼篤定，或許有幾分道理。

如果唐信真的在追某個女生，還對她那麼好，真的有點渣。

但唐信看起來又不像渣男。

好好的一個晚上，岳千靈的思緒成功被顧尋帶偏，以至於晚上唐信叫她出去的時候，她腦子裡都還在轉著林尋說的話。

這次是大金開車，他們一行五個人，岳千靈坐在後排中間，唐信和另外一個女生坐在她兩邊。

青安的夜晚人不多，路上安靜，而車裡空間不大，三個人擠在一起，連彼此的呼吸聲都聽得見。

感覺到唐信的目光好像時不時落在自己身上，岳千靈心裡越發覺得……

等等，不要再想了！

唐信對她那麼好，她卻總在背後覺得人家有非分之想，這才真的是以小人之心度君子之腹！

岳千靈揉了揉額頭，強迫自己把那些亂七八糟的想法丟出去。

這時，林尋突然打了個語音通話過來。

岳千靈接起來，輕輕地「喂」了一聲。

林尋的聲音也很輕：『出去了嗎？』

岳千靈：「嗯。」

林尋：『跟那個男的在一起？』

害怕唐信聽見，岳千靈做賊心虛地看了他一眼，見他在看窗外，這才放下心。

「怎麼了？」

林尋：『坐得近嗎？』

「挺近。」岳千靈皺了皺眉，稍微往一旁側了側身，低聲問，「你到底有什麼事？」

突然，聽筒裡林尋的聲音變大。

『跟誰出去了？』

岳千靈：？

『男的女的？』

岳千靈：？

『去幹什麼？』

岳千靈：？

『什麼時候回家？』

岳千靈：？

聽到這裡，岳千靈已經傻住了，連眼睛也不眨了。

隨後，最後一擊終於到來。

『回來還愛我嗎？』

「……」

本就安靜的車廂突然變得更安靜了。

而林尋那句「回來還愛我嗎」彷彿在整個車廂迴盪。

岳千靈呆若木雞，感覺到異樣的眼神落在自己側臉。

她緩緩轉頭，果然看見身旁的女生意味深長地看著她。

轉向另一邊，唐信也用同樣的眼神看著她。

岳千靈乾巴巴地眨兩下眼睛，露出一個尷尬又不失僵硬的笑。

「家裡那個……管得比較嚴。」

聽筒裡，『嗯』了一聲，便掛了電話。

第七章　別對我動心

駕駛座的人什麼都沒聽見，認認真真地開著車，一路平穩地朝目的地駛去。

可能是被電話裡的致命五連問震懾住了，那股微妙的沉默持續了好一陣子，唐信才乾笑了兩聲。

「妳男朋友挺有意思啊。」

他話音一落，前排兩個人驚訝地回頭，毫不遮掩自己的八卦。

「千靈妳有男朋友了啊？」

岳千靈想撫額，手抬到半空，僵了一下，改為揮手的動作。

「你好好看路。」

現在全車的人都等著岳千靈的回答，她根本躲不過去，只好露出一個僵硬的笑。

「等一下你們不喝酒吧？我還沒拿到駕照呢。」

可是她的避而不答根本不能打消這些人追問的欲望。

「大學同學嗎？」

「哪裡人啊？條件怎麼樣啊？」

「有沒有照片給我們看看啊？」

岳千靈從來沒有覺得十幾分鐘的車程這麼難熬過。

「是同學。」

「江城人，條件一般。」

「長得不怎麼樣，照片拿不出手。」

她一邊糊弄著朋友們的問題，一邊拿出手機，點開林尋的對話欄，咬牙切齒地戳了幾個字。

糯米小麻花：『你給我等著。』

宵夜進行到一半，全桌的話題還是時不時繞到岳千靈的「男朋友」身上。

大家都對岳千靈找了個長得醜條件還一般的男朋友表示震驚，這年頭鮮花怎麼總喜歡往牛糞上插。

只有唐信喝了點酒，問道：「那他對妳好嗎？」

岳千靈對大家的詢問已經麻木了，滿腔都是對林尋的怨氣，冷笑一聲，脫口而出：「好得很呢。」

「……」

桌上四個人都以一種「妳這個戀愛談得似乎不太開心」的眼神看著她。

唐信低頭笑了笑，說道：「對妳好就行。」

另一個女生不樂意了，立刻接話：「對妳好算什麼呀，找男朋友還是要條件好，再不濟也要長得帥，對妳好是最廉價的愛，不然找個保姆不簡單嗎？」

岳千靈：「妳說得對，回去就分手。」

「……」

大學戀愛嘛，本來就不太可靠，這個話題就這麼以岳千靈極不配合的態度收了尾，大家聊起了各自的感情生活。

半個多小時後，一行人終於打道回府。

一回到家，岳千靈急著分手，連招呼都沒跟爸媽打，直接衝進房間關上門，一通語音電話打了過去。

一通沒接，她又打第二通。

接連打了四通，還是沒接，岳千靈撥了第五通。

等待接通的時候，門房突然被敲了兩聲。

岳千靈還沒來得及說「請進」，頭才回了一半，門就被急促地推開，一道尖銳的聲音同時傳了進來。

「聽說妳找了個又醜又沒本事的男朋友？」

緊跟著，她爸爸也一路小跑過來：「聽說還很窮？對妳也不好？」

「……」

岳千靈堅強地把那個頭回完，不出她所料，看見了岳文斌先生和鞠雲珍女士兩張寫滿了恨鐵不成鋼的臉。

她都不用問，肯定是今晚一起吃宵夜的某個人回家告訴父母，哪位叔叔阿姨告訴了岳千靈爸媽。

只是這個消息經過幾輪加工，到她爸媽耳裡不知道變成什麼樣子。朋友們八卦的時候，她還能面不改色地滿嘴跑火車，輪到爸媽來質問，岳千靈實在不知道怎麼糊弄。

見她啞口無言，鞠雲珍當她默認了，痛心疾首地伸手掐了岳文斌兩把，「你看看你看看，我當初就說讓孩子寒暑假多參加點夏令營什麼的，漲漲見識，免得以後被男的輕而易舉就騙走，你當初嫌麻煩不樂意，你看現在好了吧！」

岳文斌不願意揹這個鍋，立刻反駁道：「那是我嫌麻煩嗎？是我們女兒自己不想去，要待在家裡打遊戲，要我說還是怪妳，妳非得寵著她買那麼貴遊戲電腦給她，不然她能成天在家裡待著什麼都不懂？」

鞠雲珍：「孩子喜歡玩遊戲有什麼錯？一個電腦能多貴？難不成還讓她成天往網咖跑？而且我又不是什麼都買，她上次說要什麼很貴的鍵盤我就沒同意，你倒是說說你是不是悄悄買給她了？」

「妳別冤枉人啊，我沒買！」岳文斌在吵架方面向來不是老婆的對手，沒什麼邏輯，想到什麼就說什麼，「喜歡玩遊戲不是錯，看男人眼光不行就是錯了！」

鞠雲珍冷笑著抱起雙臂：「那沒辦法，孩子像我，看男人的眼光不行！」

岳文斌：「說孩子就說孩子，妳扯到我身上幹什麼？」

岳千靈本來在思考要怎麼應對父母了，沒想到他們自己先吵了起來。

她實在聽不下去了，連忙打斷他們。

「爸媽，你們要不要吵完了再來聽我解釋？」

鞠雲珍往房間裡瞄了一眼，見岳千靈拿著手機打語音，斂了斂神色，說道：「妳有事？那我和妳爸先出去，妳等一下出來跟我們聊聊。」

房門關上，耳邊終於清靜。

岳千靈的目光回到手機螢幕，發現電話已經接通了五十六秒。

「……」岳千靈眉心不受控制地跳了跳，沒什麼語氣地問：「你從什麼時候開始聽的？」

『大概是……』林尋的聲音平靜地響起，『從妳爸媽說我又醜又窮對妳還不好的時候。』行。

岳千靈打算徹底破罐子破摔了。

「既然你都聽到了，那我攤牌了。我爸媽不同意，我們分手吧。」

『妳要不要再考慮考慮？』林尋一本正經地說，『其實我不窮。』

他頓了一下，沉沉的嗓音帶上笑意，『也挺好看的。』

男生的聲音清澈好聽，說出這樣的話，莫名有一種蠱惑人心的感覺。

岳千靈腦海中不受控制地開始想像他的模樣，並因為曾經露出的一隻手，他的形象竟然有了大概的輪廓。

等等——

岳千靈拍了拍自己額頭。

想什麼呢。

「你現在打開手機，搜一搜『男生長得帥是什麼體驗』，看看那些覺得自己長得帥的男的到底長什麼樣。」

『……』

岳千靈面無表情地繼續說：「你不用再挽留了，現在你面前只有兩個選擇，要麼分手，要麼吃我拳頭。」

『有第三個選擇嗎？』

「有啊，先吃我拳頭再分手。」

『一定要分手？』林尋的語氣還是一貫的漫不經心，帶了點欠打的尾音，『要不然妳說說我哪裡做錯了，我下次改。』

岳千靈只想冷笑：「不必，下輩子記得改就行。」

正說著，岳千靈的門突然又被推開。

她不滿地皺眉，回頭說道：「媽，就不能敲一下門？」

「忘了，下次一定。」

鞠雲珍很沒有誠意的道了歉，眼神卻往岳千靈手機螢幕上瞟。

岳千靈自認為行得端坐得正，毫不遮掩，大大方方地讓她看。

只是鞠雲珍這個距離也看不見什麼，只能隱隱約約覺得是個男生的頭像，於是放下手裡的東西，說道：「唐叔叔炸的酥肉，幫妳放這了，等一下打完電話出來看電視。」

「噢好，知道了。」

鞠雲珍一轉身，岳千靈卻突然想到什麼，又問，「媽，這酥肉誰送過來的？」

「當然是唐信，不然還能是誰？」鞠雲珍又瞥了她的手機一眼，「問這個幹什麼？」

「沒什麼……媽妳先出去，我等一下就來。」

鞠雲珍再次離開房間，岳千靈又恢復面無表情。

她剛要說話，林尋的聲音就先一步傳出來：『唐信就是那個男的？』

岳千靈想也沒想「嗯」了一聲。

隨即，她聽到林尋冷笑了一聲，這通便電話陷入沉默。

片刻後，岳千靈撓了撓頭：「應該不會吧，他都說他在追他一個同學。」

這話說出來，岳千靈自己都沒有底氣，更遑論林尋。

『妳要是覺得不可能，剛剛為什麼要問是誰送來的？』

「……」

小心思就這麼被一個隔著網路線的人直接戳破，岳千靈怪不好意思的，啞言片刻，才想起自己打這通電話的目的是問罪。

她連忙抬高音調。

「你閉嘴！你剛剛也聽到了，等一下我就要出去跟我爸媽交代你這個男朋友怎麼回事。說吧，你想怎麼死？」

『這不是挺好交代的？』林尋的聲音裡一點愧疚都沒有，『如實交代，一切都是誤會。』

岳千靈冷哼了一聲，正想說她當然會如實交代，就聽見他又說：『告訴他們妳男朋友並不醜，也不窮，對妳還挺好的。』

「……」

「滾！」

岳千靈直接掛了電話，做了一番自我思想工作，然後推開門。

客廳裡，她爸媽分別坐在沙發兩端，一見她出來，兩人都笑著伸手拍了拍沙發中間的位子。

岳千靈有時候不明白，為什麼她爸媽總是能在一兩句話的功夫吵起來然後迅速和好。

她慢吞吞地走過去，屁股還沒碰到沙發，鞠雲珍已經迫不及待開了口：「靈靈啊，爸媽不是反對妳談戀愛，妳也成年了，但是妳說妳為什麼要找一個既沒有本事又不好看還對妳不好的男生呢？」

「要不是大金媽媽說這是妳親口說出來的，媽媽是打死也不相信妳的眼光會那麼差的。」

「妳是怎麼想的呢？該不會是那個男生做了什麼……網路上怎麼說的，PUA？是這麼說的嗎？」

岳千靈本來垂著腦袋，默默地聽她媽說話，聽到這麼一個提問，下意識回答：「是的。」

「什麼？」岳文斌差點跳了起來，「那臭小子還真的PUA妳！」

「不、不是！」岳千靈連連擺手，「我剛剛只是在回答媽媽的問題！他沒有PUA我！」

一說完，岳千靈差點想給自己一耳光，「不對，什麼PUA不PUA的，我根本沒有男朋友！」

客廳裡突然安靜了。

鞠雲珍和岳文斌分別打量著岳千靈，最後還是媽媽先開的口。

「靈靈，有問題我們就解決，妳要是把男朋友的事情說清楚，我們也不是不能接受，但撒謊就不對了啊。」

岳千靈無語望天，欲哭無淚。

她其實很不想把關於唐信的事情講給爸媽聽，害怕他們告訴唐信的爸媽，但是事已至此，她沒辦法隱瞞了。

以非常謹慎的措辭交代了整個事情的經過後，岳千靈怕爸媽不相信，還把她和林尋的聊天記錄給他們看，這才打消了爸媽的疑慮。

「事情就是這樣，我根本沒什麼男朋友，只是一場戲而已。」

說完，岳千靈雖然此刻懷疑唐信還是喜歡她的，但為了避免節外生枝，她雙手合十，懇請爸媽，「全都是誤會，唐信也是誤會，是我想多了，人家根本不喜歡我，你們千萬別說出去啊，不然以後我怎麼面對人家啊。」

鞠雲珍和岳文斌顯然不明白這些年輕人怎麼這麼多彎彎繞繞的東西，愣怔地點點頭，保證不會說出去。

「行了，知道了，沒找那樣的男朋友就好。」鞠雲珍拍了拍她的肩膀，「不過妳也不小了，該找男朋友了，都二十一歲了。」

岳千靈撇嘴：「不急，白素貞一千七百多歲才嫁人呢。」

「……岳！千！靈！」

岳千靈連忙跳起來逃離現場：「我去洗澡睡覺啦！」

放假第一天就發生這麼多雞飛狗跳的事情，不累身，卻挺累心。

不過她洗完澡，躺到床上，才發現自己這一個晚上都沒心思去想顧尋女朋友的事情，反倒沒那麼難受。

只是這時想都想起來了，心裡不免又開始鬱悶。

人的心思真的很奇怪，最經不起的就是比較。原本以為顧尋對所有女生都一樣冷淡，結果人家會用整個春節假期去陪另一個女生，對比之下，這種難受更甚於他的忽視和冷淡。

岳千靈翻了幾次身都醞釀不出睡意，乾脆拿出耳機聽歌。

今夜的青安風清月皎，萬象澄澈，連風吹過落葉的「沙沙」聲格外溫柔。

與青安相隔不遠的江城卻雲層厚重，壓抑了一整天的綿綿陰雨終於悄悄下了起來，讓本就天寒地凍的城市更添了幾分陰冷。

整棟宿舍大樓只有幾盞燈亮著，像黑夜裡的零星光點，襯得這雨夜越發慘澹。

每年春節都有學生留校過年，要麼是攻克實驗專案，要麼是準備階段性考試。

單純不想回家的，大概只有顧尋一個。

放假的學校安靜得不像話，連風聲都沒有。

顧尋洗完澡出來，坐到桌前，剛準備敲兩行程式碼，突然想到什麼，拿起手機，匯了五萬塊錢給他媽。

放下手機沒幾秒，來電鈴聲突兀地響起。

顧尋看了來電顯示一眼，檯燈映在眸子裡的光倏然晦暗了幾分，卻又浮動著複雜的情緒。

他接起電話。

「媽，還沒睡？」

電話那頭女人的聲音很嚴肅，『你突然匯錢給我幹什麼？』

「過年了。」顧尋平靜地說，「一點心意。」

『心意？你是跟我炫耀你現在賺錢多？』女人的聲音尖銳了幾分，『我不缺你那幾個錢，我只缺個做正經事的兒子。』

顧尋突然覺得很累。

他闔了闔眼，將手機丟到桌上，開了擴音，一邊說話，一邊敲鍵盤。

「那妳隨意處置那些錢。我寫一下畢業論文，妳早點睡。」

電話在沉默五秒後被掛斷。

半個小時後，顧尋再次拿起手機，發現那筆錢還沒被收下。

他盯著螢幕看了一下，眼前的程式碼變成了毫無意義的字母和數位，於是他再次將手機拿起來，點開了小麻花的對話欄。

菜也犯法嗎sir：『女朋友，睡了沒？』

她回得很快，看樣子也沒睡。

愛吃辣椒的香菜精：『誰是你女朋友。』

菜也犯法嗎sir：『我們都這種關係了，叫一聲女朋友不是挺親切？』

愛吃辣椒的香菜精：『那你叫我爸爸不是更親切？』

顧尋的嘴角倏然噙起一彎弧度，抬手闔上了筆記型電腦，朝陽臺走去。

愛吃辣椒的香菜精：『有事快說，我要睡了。』

顧尋看了遠處的燈光一眼，想了想，不緊不慢地打字。

菜也犯法嗎sir：『幫我想個送人的禮物。』

愛吃辣椒的香菜精：『？』

愛吃辣椒的香菜精：『父親節還有好幾個月呢，不著急。』

菜也犯法嗎sir：『？』

愛吃辣椒的香菜精：『(#^.^#)。』

愛吃辣椒的香菜精：『禮物要自己選的才有誠意！』

菜也犯法嗎sir：『我要是清楚女生的愛好，還來問妳？』

愛吃辣椒的香菜精：『哦，女生啊。』

愛吃辣椒的香菜精：『送給喜歡的女生嗎？』

菜也犯法嗎sir：『。』

菜也犯法嗎sir：『不是。』

愛吃辣椒的香菜精：『那有什麼好選的，直接轉帳不是更省事？』

菜也犯法嗎sir：『別廢話，快選。』

愛吃辣椒的香菜精：『那你總要告訴我她有什麼喜好啊！』

愛吃辣椒的香菜精：『喜歡化妝嗎？』

菜也犯法嗎sir：『一般，不太喜歡打扮的樣子。』

愛吃辣椒的香菜精：『那喜歡首飾這些嗎？』

菜也犯法嗎sir：『應該不喜歡。』

愛吃辣椒的香菜精：『這女生挺脫俗的哈。』

菜也犯法嗎 sir：『一般吧。』

愛吃辣椒的香菜精：『那喜歡打遊戲嗎？』

菜也犯法嗎 sir：『挺喜歡的。』

愛吃辣椒的香菜精：『噢！那我知道了！』

顧尋笑了笑，正想問她知道什麼了，卻見她傳來一段網址。

一個月前，岳千靈看中一款名牌機械鍵盤，手感是那個牌子的一貫水準，只是新款的馬卡龍色系彩燈實在太好看，再配上精緻的鍵帽，饒是岳千靈這種對鍵盤外表沒有什麼追求的人都怦然心動。

唯一的缺點就是有點貴。

說到底她也不缺機械鍵盤，剛好那段時間花錢有點多，便捨不得買。

心裡又有點記掛，於是找機會暗示一下她媽媽，請求也被駁回。

那款鍵盤就一直在我的最愛裡落灰，直到剛剛，她睡不著還點進去看了一眼，依然沒有決定要不要買。

所以林尋問她的時候，她第一個反應就想到這個鍵盤。

把網址複製給他後，岳千靈還是忍不住誇了誇自己的審美。

愛吃辣椒的香菜精：『你找我真是找對人了，這款鍵盤，沒有電競女孩不喜歡的。』

糯米小麻花：『你儘管送，對方要是不喜歡我把頭給你當凳子坐。』

校草：『OK。』

糯米小麻花：『那我睡了。』

校草：『等一下。』

糯米小麻花：『？』

校草：『妳的地址和電話？』

糯米小麻花：『幹什麼？』

糯米小麻花：『你想線下約架？』

校草：『……』

校草：『妳不敢？』

岳千靈反手一個定位甩了過去。

糯米小麻花：『你帶幾個人來？我準備一下。』

校草：『我帶爸媽來？』

糯米小麻花：『現在流行帶爸媽打架了？』

校草：『閉嘴。』

校草：『剛剛點開網址看了，第二件半價。』

糯米小麻花：『？』

校草：『那就順便送一份新年禮物給我女朋友。』

愛吃辣椒的香菜精：『真的嗎？』

看見她這麼驚訝的樣子，顧尋將地址複製下來。

——青安市桐景區華安街道八十九號。

這一行字，和當初那張端著飲料的照片一樣，無形中將他們的距離又拉近了一點點。

之前在同一座城市都不打算和他見面，現在至少願意給他地址了。

顧尋的笑意蔓延至眼底，在嘴角澈底蕩開。他洗了洗手，正準備打字，對面又傳來訊息。

愛吃辣椒的香菜精：『真的第二件半價欸！』

菜也犯法嗎 sir：『。』

岳千靈的第一個反應，的確是去網站看看第二件是不是真的半價。

看見那大大的紅標，她喜上眉梢，心裡迅速打起了小算盤，要是合買兩個算算折扣，雙方都得利。

可是將近三千的鍵盤，第二個半價，折算下來一件也要兩千多呢，好像也沒便宜多少。

岳千靈咬了咬手指，逐漸打消念頭。

換做以前，她找爸媽要錢，花兩千多買個鍵盤眼睛都不會眨一下。

但自從實習之後，她每天都在感慨賺錢真難，要養活自己更是有數不清的花銷，永遠不知道薪水到底花在哪裡。

也同時感覺到自己以前花錢有多大手大腳，想想都替爸媽覺得心梗。

因此她開始有意省掉不必要的開支，到現在用的鍵盤還是大三開學買的那個黑軸，顯卡更是強撐著沒有更換。

只是這個鍵盤……她真的好喜歡啊。

岳千靈又看了看自己的薪水戶頭，萬念俱灰。

糯米小麻花：『你的孝心爸爸心領了，禮物就不必了。』

糯米小麻花：『錢留著對自己好點。』

糯米小麻花：『爸爸愛你=3=。』

校草：『閉嘴，睡覺。』

糯米小麻花：『好的。』

校草：『晚安。』

從大年二十九開始，岳千靈就被爸媽帶著各處拜年，要不然就是在家裡接待客人，她時時刻刻都被使喚著打掃衛生，感覺比工作時還忙。

這樣也好，她幾乎沒有一個人坐著發呆的時刻，白天忙忙碌碌，晚上和高中同學們出去聚餐唱歌，耳邊總是熱熱鬧鬧的。

只要不想起顧尋女朋友那檔事，她還是很快樂。

轉眼便到了初六中午。

法定春節假期已經過完，岳千靈買了下午的高鐵票回江城，此刻正在收拾行李。

但是一想到自己又要回到江城，不管是公司還是學校，處處都是顧尋的影子，心情頓時一落千丈。

以前求之不得能再靠近一點點，現在卻變成了她的桎梏。

思及此，岳千靈收拾行李的動作變得格外拖延。

她現在一點也不想回江城。

二十分鐘後，岳千靈把行李箱放到房間角落，嘆了口氣，準備去廚房切點水果。

客廳裡的電視重播著春節節目當背景音，而鞠雲珍則坐在沙發上用手機聊天。

岳千靈探出頭，喊道：「媽！妳要吃蘋果還是香蕉？要榨成汁嗎？」

這句話正好被錄進她剛剛傳的語音裡，她側頭看了岳千靈一眼：「拿兩個橘子就夠了。」

岳千靈很快切好蘋果，順便捧了兩個橘子出來。

經過鞠雲珍面前時，她正好點開一則語音訊息。

『女兒就是好啊，真貼心，不像我兒子，唉……』

媽媽們傳訊息不喜歡打字，語音也都是開擴音，岳千靈回來這幾天已經從鞠雲珍的訊息裡聽到不少八卦。

而這個阿姨的聲音有點陌生，岳千靈把橘子剝了皮遞給她，並隨口問道：「誰啊？」

鞠雲珍接過橘子，漫不經心地說了「顧阿姨」，然後便按下了語音鍵。

岳千靈整個人一激靈，嘴裡的蘋果忘了嚼，豎起耳朵聽她媽說話。

「貼心什麼呀，兒子女兒都一樣鬧心。」鞠雲珍一邊嚼著鬧心女兒剝好的橘子，一邊說道，「妳兒子多優秀呀，一表人才，成績還那麼好，我們靈靈成績要是有妳兒子一半好，當初也不用花那麼多錢送她去學美術了。」

岳千靈：「……」

她皺了皺眉，不滿的嘀咕，「我又不是因為成績不好才去學美術的，我是喜歡美術，妳別亂說。」

鞠雲珍斜睨了她一眼，沒理會，點開新語音。

『妳不知道，成績好有什麼用，從小就喜歡打遊戲，工作了也沒去正經公司，連過年都沒有回家。』

顧尋過年沒有回家？

岳千靈原本已經沉寂的神經又被牽動，她下意識朝她媽媽靠近，好像這樣能聽見更多消息一樣。

卻不想，鞠雲珍一開口就把刀子捅在自己親女兒心上。

「哪有公司過年不放假的呀，妳兒子是不是談戀愛了？」

對面很快回了訊息。

『沒聽他提過，我要去問問，要是真的談戀愛，至於連家都不回嗎。』

岳千靈頭皮倏地一緊，腦子裡嗡嗡直響，偏偏鞠雲珍聽完這句話就放下手機去洗手間了。

雖然已經親口從顧尋嘴裡知道他有女朋友，但是又聽見他媽媽這麼說，岳千靈就像做閱讀理解一樣，試圖從中解讀出一萬種可能，導致她坐在沙發上挪不動腿。

桌上的手機震動了一下。

鞠雲珍遲遲沒從洗手間出來，岳千靈看著她的手機，好幾次想滑開螢幕聽聽顧尋的媽媽說了什麼。

這幾分鐘被掰成一秒一秒，就像幾個世紀那麼難熬。

直到鞠雲珍從洗手間出來，岳千靈看著她，等著她放語音。

但鞠雲珍卻拿起手機往房間走，並說道：「我去換衣服，妳把桌子收拾一下，我們準備出發去高鐵站了。」

「哦，好……」

她媽媽跟顧尋的媽媽高中畢業後便相隔兩個城市，這些年見面的次數屈指可數，聯絡也不多，偶爾問候聊天，話題並不能持續很久。

岳千靈很想拉住她，聽完對方回了什麼，可是卻無從開口。

坐上回江城的高鐵，岳千靈的呼吸一次比一次沉重。

早知道她就不去切那個蘋果，就不會聽到顧尋為了陪女朋友，過年連家都不回的消息。

這是要多甜蜜，才會做出這種事情啊。

花了大半個月整理好的心情，又毀於一旦。

晚上到了學校，岳千靈有氣無力地拖著行李打開宿舍門，印雪正在裡面曬衣服。

「妳怎麼這麼晚才到？」

「路上塞車。」岳千靈放下行李箱，見印雪的桌邊放了一個紙箱子，裡面裝著各種雜物，「妳這是幹什麼的？」

「不是要畢業了嗎？」印雪說，「我加了個學校二手群組，打算把不方便帶走的東西都賣掉。」

岳千靈「哦」了一聲，洗了個手，坐到桌前打算看看社群休息一下。

也不知道是不是手機被監控了，她一更新，居然彈出一則電腦設備店開團購的廣告文。

她看上的那個鍵盤正在活動中。

岳千靈點進詳情一看，開團買的話，能便宜快一千塊，只是還差七個人才能成團。

加上她沒想到自己今年過年居然還能收到壓歲錢，那被壓制了許久的購物欲立刻湧了上來。

她馬上把網址傳到四人遊戲群組。

糯米小麻花：『有人要買鍵盤嗎？快來跟我湊團啊！』

糯米小麻花：『@駱駝 你老婆玩遊戲嗎？要不要送她一個？』

校草：『？』

糯米小麻花：『？』

校草：『我不是送了妳一個？』

糯米小麻花：『？？？？』

岳千靈瞪著眼睛，不可置信地看著手機螢幕。

糯米小麻花：『你真的買給我了？』

校草：『不然呢？』

校草：『這麼多天，你還沒收到？』

校草：『地址不對？』

糯米小麻花：『？？？』

岳千靈無語半晌，幾度想說點什麼，卻覺得哪裡不對。

這個時候印雪在宿舍裡走來走去，嘴裡還哼著歌。

「戀愛ing——happy——ing——心情就像是坐上一臺噴射機——」

岳千靈一言難盡地看著手機。

她現在確實挺像坐上了一臺噴射機。

「印雪，別唱了，問妳一件事。」

印雪整理著衣服，沒回頭，「放。」

岳千靈舔了舔嘴角，躊躇地開口：「還是那個網友的故事，就是如果他突然送妳一個很貴的禮物，妳覺得他是什麼意思？」

「嗯？」印雪猛然回頭，「多貴？」

岳千靈肉痛地開口：「快三千了。」

「……」印雪沉默半晌，沒說話，但眼神已經表達了一切。

岳千靈嘆氣：「妳也覺得……是吧？」

「這個應該是的吧。」

其實岳千靈第一次問印雪這個問題的時候，印雪是真的覺得沒什麼，畢竟只是打個電話問候新年。

但知道禮物這個事情後，她的想法開始變了。

這個年代，長期打遊戲太容易產生感情了。

印雪自己以前玩個網遊，二、三十個人的幫會裡面就能自產自銷個五、六對。

更何況，岳千靈的聲音確實很好聽，別人根據聲音聯想她是個美女也是正常的事情。

「嘖。」印雪搖了搖頭，「妳最近桃花還真旺。」

看見對方傳來那麼多個問號後便沒了動靜，顧尋察覺到哪裡不對勁。

他想了想，將對方給他的地址複製下來，貼到網路地圖。

一秒後，顯示定位的小紅標出現在地圖上。

顧尋將地圖放大、放大，再放大。

直到上面清晰地顯示——青安市派出所。

顧尋：「……」

我他媽……

正想打字說什麼，岳千靈就私訊了他。

顧尋打開一看，直接氣笑。

『愛吃辣椒的香菜精向你轉帳二八八八元。』

愛吃辣椒的香菜精：『你……知道我有喜歡的人吧？』

第八章　自作多情

岳千靈從來沒有這麼緊張的等過一個人的回覆。

在那兩、三秒，她腦海中已經想像過各種尷尬的對話，甚至有點後悔自己一衝動就問得那麼直白。

要是搞錯了怎麼辦？豈不是顯得她很自作多情？

要是他告白了怎麼辦？拒絕網友的流程該怎麼走？

如果他打太極又該怎麼辦？

不論是哪一種，岳千靈覺得她都不好應對，即便是唐信那樣的人，她都只敢偷偷暗示，更何況現在面對的是一個沒見過面的網友。

岳千靈幾乎是數著秒，如坐針氈地盯著手機螢幕。

見他沒有立即回覆，岳千靈腦子一熱，立刻收回了剛剛那則訊息。

然而下一秒。

校草：『妳……該不會以為我也喜歡妳吧？』

岳千靈：「……」

我靠。

萬萬沒想到，他在千萬種回覆中選擇了最令她尷尬的一種。

而且那個「也」字很靈性，好像在刻意提醒她什麼。

岳千靈腦海裡又回憶起當初人家唐信說自己有喜歡的女生時的尷尬。

一時間不知道該怎麼回覆，岳千靈打了一串「哈哈哈」過去，試圖緩解此刻的氣氛。

可惜對方根本不給她這個機會。

校草：『因為隨手送的一份禮物，倒也不必。』

校草：『我這個人呢，別的優點沒有。』

校草：『就是錢多大方。』

岳千靈想想也是，當初她開玩笑說自己收費五百一個小時，他就真轉了五千給她。

而那天他跟她要地址，她開玩笑說線下約架，他也接了梗，岳千靈就順勢給了一個派出所的地址。

千錯萬錯，都是錯在她不該用自己狹隘的思想去揣度有錢人的想法！

糯米小麻花：『哈哈哈，開個玩笑啦（擦汗）。』

校草：『如果這個鍵盤讓妳實在難受，就退貨吧。』

校草：『我不會多想的。』

那不是更尷尬了嗎？

糯米小麻花：『不會啦，我本來就挺喜歡的（呲牙）！』

校草：『行。』

緊接著，他收下了岳千靈轉的錢，隨後又轉來一筆錢。

校草：『（向你轉帳七二二元）。』

糯米小麻花：『？』

校草：『多給的錢。』

校草：『怕妳多想。』

「……」

算了算，按照第二件半價來折合，她確實多給了七百多塊錢。

糯米小麻花：『ＯＫ！省了不少錢！』

收下錢後，岳千靈趴在桌上，利用冰涼的桌面幫自己漲紅的臉頰降溫。

難道最近真的得了一種叫做「全天下男人都喜歡我」的自戀絕症嗎？

「怎麼說？」印雪整理好衣櫃，走過來問道，「網友告白了嗎？」

「告個屁的白。」岳千靈只想找個坑把自己埋了，「現在尷尬的只有我一個人！」

「我看看。」印雪拿起她的手機看了聊天記錄一眼，立刻嫌棄地皺眉，「我的天啊，妳就不能委婉一點？妳這樣跟直接對人家說『我有喜歡的人你不要對我有非分之想』有什麼區別？我真的服了妳！」

岳千靈也想委婉啊，但她有時候就是容易意氣用事。

如果萬事都考慮周全，就不是岳千靈了。

她現在只想給林尋灌上一碗孟婆湯，或者自己喝一碗也行。

可惜不僅沒有孟婆湯，駱駝和小麥還在群組裡加油添醋。

駱駝：『什麼送鍵盤？為什麼我沒有？』

小麥：『為什麼不送我？就因為我是男的嗎？』

岳千靈看見這兩人說的話，心懸了起來，感覺他們又要把話題帶歪。

同樣看他們不爽的還有顧尋。

屁話怎麼那麼多。

他冷著臉，正要讓這兩人閉嘴，群組裡突然跳出了岳千靈的回覆。

愛吃辣椒的香菜精：『之前搞活動，第二個半價啦！我忘了他幫我買了，錢也忘了給。』

愛吃辣椒的香菜精：『剛剛已完成骯髒的金錢交易！』

下一秒，駱駝就來私訊他。

駱駝：『我靠，你還收人家錢？你為什麼不直接送一個？你缺這點錢？你是豬嗎？』

一股氣堵在胸口，讓人渾身不爽。

他把手機扔回桌上，結果又被桌子邊角彈到地上，砸出清脆的響聲。

顧尋：「……」

一旁打遊戲的蔣俊楠嚇了一跳，轉頭一看，顧尋已經去了陽臺。

「你跟你媽又吵架了？」蔣俊楠幫他把手機撿起來，看見右下角的螢幕果然碎了，心疼地朝他喊，「你看，我是不是勸你貼個保護貼！螢幕一摔就碎了！」

顧尋沒理他，用涼水洗了洗臉，隨便擦了兩下。

重新回到寢室時，他眉梢的水珠順著流暢的臉頰的弧度下滑，留下模糊不清的水跡。

明明該是很性感的畫面，蔣俊楠卻覺得後背冒起了涼氣。

他張了張嘴，正想說話，顧尋卻冷冰冰地說：「閉嘴。」

「我靠？」蔣俊楠徹底傻眼了，「我還沒說話呢！」

顧尋不理他，也不管手機，打開電腦，才說道：「踢一個人。」

蔣俊楠正在跟朋友五人組隊，聽顧尋這麼說，知道是他要來的意思，他立刻就把最菜的那個踢出了隊伍。

畢竟跟顧尋打遊戲，那種被帶著飛的感覺是真的爽。

登錄遊戲，蔣俊楠點了根菸，嗆人的氣味立刻在宿舍內蔓延開來。

兩個電腦靠得近，蔣俊楠夾著菸的手指也在顧尋手臂旁晃來晃去。

片刻後，蔣俊楠感覺自己正被死亡凝視著。

一轉頭，果然對上了顧尋的不耐煩的眼神。

「你要不把自己點了助個興？」

「你吃火藥了？」

雖是這麼說，蔣俊楠還是不情不願地熄了菸，誰叫他要抱人家大腿呢？

但是第一局遊戲剛進入白熱化，網路突然斷了。

「靠！又來！」雖然這幾年蔣俊楠對學校時不時斷網已經習以為常，但在這種時候，簡直比女朋友提分手還糟心。

「網路中心的人是吃屎的嗎？做不來事情讓爺教啊！」

一個人罵了半天後，蔣俊楠發現顧尋根本沒有理他。

顧尋靠著椅背，坐姿很隨意，臉卻很臭。

這一天都他媽是些什麼破事。

蔣俊楠的情緒變得很快，前一秒還怒髮衝冠，下一秒想到什麼，立即就蔫了，他側頭看向顧尋，「對了，過年的時候我女朋友把我甩了。」

顧尋「哦」了一聲，起身拿起外套。

「那出去吃頓飯慶祝一下？」

蔣俊楠：？

兩個大學生，九點才吃晚飯是再正常不過的事情。

由於還沒到開學時間，偌大的學校裡只有大四學生，外面的餐廳也沒開幾家。

因此，那家中餐店又人滿為患了。

顧尋和蔣俊楠運氣好，來的時候還剩一桌。

落座後，蔣俊楠直接從冰櫃裡拿了兩瓶酒，倒上一杯，一飲而盡，才悶悶地開始說話。

「老子跟她在一起兩年了，跟二十四孝男友似的，結果你猜怎麼了？這一回家，她碰到她高中的初戀，那死灰燒得跟乾柴似的。」

「才幾天啊，兩個人就搞到一起了，當初可是那男的甩了她！」

「提分手的時候還哭唧唧地跟我說她其實忘不了初戀，難道我他媽就是個備胎？」

「我尋思難道女的真就這麼忘不了初戀？初戀這兩個字到底有什麼魔力啊？我現在連我的初戀姓什麼都想不起來了！」

蔣俊楠一個人說了半天，顧尋越聽越煩，一個字都不想回應。

正想叫他別提那些情情愛愛的事情時，蔣俊楠卻自己閉了嘴，不說了，呆呆地看著什麼地方，然後拉了拉顧尋的袖子。

「看，快看。」

顧尋不耐煩地扭頭，正巧看見岳千靈和印雪手挽手走進來。

僅僅一眼，沒什麼情緒，他轉了回去繼續看手機。

老闆經過他們身邊，上前招呼，「兩位美女吃飯？可能要再等等，馬上就有位子了。」

岳千靈進來的時候也看見了顧尋和蔣俊楠。

只是這一次，她的目光非常克制地掃過顧尋的背影，很快就收回。

想遇見的時候，每天去他們學院大樓下晃都不一定能碰見。

不想遇見的時候，卻總是出現在她面前。

岳千靈搖了搖頭，「不用了。」

老闆以為她不想等，張望一圈，看很多桌都只有一、兩個人，於是又說：「要不然併個桌吧？其他店都沒開門。」

岳千靈正想拒絕，卻見蔣俊楠朝她們招手，笑得很熱情。

「來這坐唄！」

話音落下，岳千靈的心跳陡然加快，手指不自覺地攥緊了袖子。

印雪看了她一眼，有些搖擺不定，不知道岳千靈到底想不想過去。

而背對著她們的顧尋卻連頭都沒抬一下，似乎根本不在意蔣俊楠在叫誰。

岳千靈突然被一種無力感包圍著。

這種感覺其實不陌生，只是她以前總是選擇忽視。

「不用了。」她朝蔣俊楠僵硬地笑了笑，「謝謝。」

人家有女朋友，她自討沒趣地湊上去做什麼。

岳千靈和印雪走後，蔣俊楠摸了摸後腦勺，不明白為什麼上次這女孩看見顧尋還神采奕奕的，這次卻連併桌都不願意了，還笑得苦哈哈的。

「她怎麼了？」

顧尋在回主策劃的訊息，手指飛快地按著鍵盤，沒什麼語氣地說：「關我什麼事。」

一路上，印雪都在聊過年回家聽到的親戚間的狗血八卦，連小說都不敢寫的尺度，成功轉移了岳千靈的注意力。

回到宿舍，剛推開門，岳千靈就接到爸爸的電話。

『幫妳找到快遞了啊。』

出門吃飯前，岳千靈從各個網路商店以及運營商的簡訊堆中翻出了那則快遞簡訊。

快遞確實在幾天前放到派出所收發室。

岳千靈一邊暗罵現在的快遞越來越會偷懶，一邊請她爸爸幫忙去把東西找回來，理由是快遞送錯了。

岳文斌是個遵紀守法的好公民，這輩子除了撿到失物就沒進過派出所，大晚上去拿快遞，還被收發室的值班人員嘴了幾句，他覺得這一趟挺晦氣。

『下次不要用這家快遞了！』他不滿地說道，『這都能送錯，幸好不是什麼要緊的東西！』

誰說不要緊了。

兩千多塊錢呢。

掛了電話後，岳千靈準備去洗澡。

放下手機前，小麥在群組裡傳了一則訊息。

小麥：『今天有「雞」會嗎？』

岳千靈想了想，沒回，抱著衣服進了浴室。

洗完澡，再走完護膚流程，已經夜裡十一點。

岳千靈拿著手機躺上床，看見群組裡只有駱駝在半個小時前說了句『可以』。

以往這個時候，正是他們四個上線的時間。

林尋沒說話，大概也是覺得尷尬吧。

岳千靈不由得又回想起傍晚那社死的一幕，餘威很大，到現在還能讓她腳趾抓地。

這時，小麥見久久沒人回應，又@了他們。

小麥：『@校草 @糯米小麻花你們倒是吱個聲啊，不會這麼早睡了吧？』

岳千靈想，要不然就裝死吧。

她深吸一口氣，正打算放下手機。

校草：『上啊，我ＯＫ。』

看見他這麼坦然的語氣，岳千靈突然覺得自己有點小題大做。

人家都不覺得有什麼呢，妳在這胡思亂想什麼？

大家都是成年人了，有什麼誤會是說開了以後還斤斤計較的？

岳千靈，大方點！

幫自己鼓了氣後，岳千靈像個神經病一樣笑咪咪地打字。

糯米小麻花：『我也ＯＫ呀。』

小麥：『那就上線！刻不容緩！』

雖然幫自己做了心理建設，但登錄遊戲，打開語音後，岳千靈還是有一絲忐忑，一直沒說話。

林尋最後一個上來，小麥把房主讓給了他。

他沒說什麼，直接點開始遊戲。

進入出生島後，他問：『想跳哪？』

語氣和平時一樣。

小麥感覺自己進步不少，對邊邊角角的地方沒有興趣，連天堂度假村都不想去，直接說：『訓練基地！』

『噢喲。』駱駝笑道，『不愧是跳傘小天才。』

小麥：『你媽的！等一下不要喊我扶你！』

駱駝和小麥閒扯了好一陣子，直到上了飛機。

『小麻花，妳沒開麥克風嗎？』

岳千靈愣了一下，連忙假意說道：『哦，剛剛忘了。』

『有兩隊已經跳了主樓。』林尋接著開口，『我們先去旁邊，讓他們先打。』

岳千靈說了一聲「好」，腦子裡卻在做閱讀理解。

語氣挺正常的吧？

應該沒有介意剛剛的事情了吧？

撿到一把M762後，岳千靈問：『有紅點嗎？』

林尋沒說話，卻標了一個給她。

岳千靈跑過去撿了起來，整理了一下自己的包，問道：『有人要六倍鏡嗎？』

『我要！』小麥立刻說，『我剛撿了一把M24！』

岳千靈覺得六倍鏡這種東西給小麥有點浪費，他根本不會用栓狙，也壓不住六倍鏡，於是問道：『林尋，你要嗎？』

平時這種時候，有好東西她都是第一時間分享給林尋。

而林尋在雨林地圖只用兩把M762，撿到狙擊槍也會幫岳千靈標記。

但這一次，不等林尋回答，小麥就跳了起來：『妳看不起人？』

『你壓不住六倍！』岳千靈不滿地說，『你先把四倍連狙用好嗎？別走都還沒學會就想跑了。』

小麥想想也是，也就不再說話。

這時林尋才開口，『等一下找妳拿。』

聽見他這麼說，岳千靈悄悄地鬆了口氣。

直到遊戲過半，她終於確定自己的感覺是平常的樣子沒錯了。

只是林尋大概覺得自己最近對她有點熟稔，才會讓她誤會，所以還特地保持了一點態度上的距離。

但他的話本就不多，這樣一來，就更冷淡了。

這點細微的差別只有岳千靈這個有心人注意到，駱駝和小麥毫無知覺，兩個人嘰哩呱啦地說個不停。

小麥落地的時候就撿到了三級甲，這時又看見一個，於是標了一下，並提醒所有人：『這裡有三級甲，先到先得啊！』

『我來了！』岳千靈立刻朝他標的方向跑去。

跑了兩百公尺，繞進二樓，卻發現標記的地方只有一件脫下來的二級甲。

她一時間沒反應過來，問道：『三級甲呢？』

耳機裡傳來林尋平靜的聲音，『我身上。』

岳千靈：『……』

她笑了笑，『好的哦。』

沒過多久，四人在跑毒圈的過程中遇到一輛車。

槍聲立刻像過年一樣響了起來。

岳千靈拿著滿配M762，打得很爽，沒幾下就把他們的車打爆，炸得一車的人全都殘血，但是沒一個見底，於是她打算換上紅點衝過去近戰。

然而就在她換鏡的那幾秒，一車的人全被林尋殺完了。

看著左下角的擊殺資訊，以及自己毫無變化的人頭數，岳千靈忍住了罵人的衝動。

沒關係，我們是隊友。

又過了一陣子，岳千靈發現一個空投箱落在離他們不遠的地方。

她故意沒出聲，瞞著所有人拔腿就朝紅煙衝去。

跑了沒兩步，她看見林尋從另一個方向也朝著空投箱奔去。

岳千靈依然沒說話，鼓足了勁去搶空投箱。

但漸漸地，她發現自己好像跑不過林尋了，開始著急地喊道：『不必！不必！大家都是隊友！不必！』

可林尋沒有絲毫減速，還加滿了能量，只為跑得更快。

兩秒後，岳千靈眼睜睜地看著林尋她先一步站到空投箱前。

岳千靈：『……』

她不死心地開口：『裡面是什麼槍啊？』

林尋不鹹不淡地說：『當然是AWM。』

岳千靈：『……』

OK，我再忍。

幾分鐘後，小麥和駱駝死在一場堵橋的鏖戰中，碎碎念著轉到觀戰視角。

已經進入決賽圈，人還挺多，岳千靈和林尋運氣不好，圈離他們特別遠，身上的藥也不多，只好拚了命地跑。

偏偏這時，他們遇上一隊滿編隊。

那隊人遠遠地朝穿著鮮豔的岳千靈開了幾槍，他們拿的M416，五點五六的子彈傷害性不高，但極具挑釁。

岳千靈果然不跑了，扛著槍就打算去幹這隊人。

『別啊！』駱駝在觀戰她，立刻喊道，『妳先跑毒吧！這毒好遠好疼的！』

『呵，他們挑釁我，我會跑？我今天必定堵死他們！』

說完，岳千靈已經朝毒裡衝了過去。

激戰了好幾分鐘，岳千靈成功幹死了對面三個人，但是由於毒實在太疼，她的能量值告急，被那隊僅剩的一個人一槍幹倒了。

岳千靈跪在地上，大聲喊了起來：『林尋快來扶我！我還能打！他們還剩最後一個就死完了！很殘！快來啊啊啊啊！』

喊完了，她突然發現哪裡不對。

剛剛林尋為什麼沒來搶她的人頭？為什麼那麼安靜？

感覺到哪裡不對，岳千靈稍微移了移視角，視野內根本看不見他。

隨後耳機裡響起了駱駝的爆笑：『哈哈哈哈這狗東西在妳打架的時候已經跑進幾百公尺外的安全區趴著了！』

第九章　煎熬

大概是因為剛收假，許多人還不能接受明天就要工作的現實，印雪看劇看到兩點，岳千靈也打遊戲打到兩點。

遊戲之所以讓人沉迷，就是因為它能把人拉進一個平行世界，暫時忘卻現實的煩惱。

比如今晚，岳千靈便把顧尋拋之腦後，也沒有去想她和林尋之間發生的尷尬，滿腦子都是怎麼幹死每一局的九十六個人。

直到三點，她在床上翻來覆去，還在想最後那局駱駝要是不亂走位卡了她的視角，她就帶全隊贏了！

剛要睡著，印雪又打了個噴嚏，不滿地說道：「都入春了吧，怎麼還這麼冷，冷死我了。」

說完，她翻了個身，沉沉睡去。

不知為何，今年的春天似乎來得特別晚。

日曆上的數字不停跳動，氣溫卻穩如泰山，毫不見長，直到三月初，才有了一點初春的氣息。

但是溫暖的陽光沒有光臨幾天，倒春寒又急不可耐地出現，寒風料峭如剪刀，吹得那些早早就換上了春裝的人噴嚏連天。

直到四月下旬，天氣才逐漸穩定，岳千靈終於脫下了厚重的衣服。

其實這段時間她過得還挺開心的。

專案組又招了兩個原畫師，工作壓力瞬間減小，尹琴忙著跟新人拉攏關係，沒什麼心思找她的麻煩。

她的畢業設計也定了初稿，老師很滿意，沒什麼需要大改的，只是要調整一些細節。

有時候她還能在公司閒著摸一下魚，琢磨著畫了點自己沒嘗試過的風格。

每天晚上回到宿舍，和林尋他們一起打打遊戲。

最近駱駝和小麥進步挺大的，段位越來越高，配對到的敵人段位也水漲船高，遊戲比以前更刺激。

在槍林彈雨中，岳千靈很快便消磨掉當初自作多情拒絕林尋的尷尬感，而對方也沒有再提過。

只有剛收假那幾天，她總是在電梯裡遇到顧尋，心裡會翻起湧動的暗流。

這也導致有一段時間她看見電梯就會露出複雜的情緒——有點想見到他，又有點不想見到他。

這種糾結的情緒在連續很長一段日子沒在公司遇見顧尋後，才有了消減的跡象。

不過等岳千靈回過神，也有點疑惑。

公司只有這麼大，怎麼連個身影都沒看見過？

這天下班，岳千靈在電梯裡遇到了陳茵。

她在說過一段時間全公司員工旅遊的事情，岳千靈便順口問道：「第九事業部去嗎？」

「當然去啊。」陳茵說，「本來往年都是六月員工旅遊的，但因為第九事業部去封閉開發了一段時間，這兩天才結束，所以專門把員工旅遊時間提前，就是為了讓他們放鬆放鬆。」

從這段對話裡，岳千靈得到了兩個重點。

一，原來這麼久沒見，是因為他去了別的地方。

二，這次公司員工旅遊他們也會去。

「哦，這樣啊……」岳千靈從來沒有參加過員工旅遊，躊躇著開口問，「員工旅遊會很累嗎？我那幾天可能是生理期，如果太累，我就不去了。」

「放心呀！」陳茵笑著說，「就是想到第九事業部他們忙了這麼久，為了放鬆，所以這次我們全公司一起去郊區的溫泉酒店享受兩天，怎麼會累？」

岳千靈點了點頭，「公司還挺人性化的。」

後來事實證明，岳千靈還是太年輕。

當員工旅遊的時間定在五一勞動節假期時，幾乎所有人都傻眼了。

還能這麼投機取巧的？

把法定假日和合約裡寫的固定員工旅遊活動結合在一起，可真是妙啊！

可是無語歸無語，怨聲載道幾天後，百分之九十的人還是選擇參加員工旅遊，只有一些已經定了旅行計畫的人不能出席。

員工旅遊當天，行政的安排是九點在公司集合，由統一的車送大家去溫泉酒店。

早上七點，天已經大亮，但宿舍裡的窗簾還緊緊拉著，透不進一絲光亮。

印雪的生理時鐘穩定，這個時間迷迷糊糊地醒來，看見宿舍裡坐著一個長髮女人，一瞬間瞌睡蟲都嚇跑了。

等她回過神，發現是岳千靈坐在那裡整理頭髮，差點拿枕頭朝她砸過去。

「岳千靈妳知不知道大清早的坐在那裡很嚇人！」

岳千靈回頭看了她一眼，笑道：「醒啦？放假不多睡一下？」

「被妳嚇醒的！」印雪氣呼呼地坐了起來，平復一下心情，又問，「不是吧，妳今天還化妝呢？」

岳千靈開始上粉底，對著鏡子仔細觀察有沒有瑕疵，漫不經心地問：「為什麼不化？」

「有這時間不如多睡一下啊。」印雪說，「反正顧尋都有……」

最後幾個字她沒說出來。

岳千靈的手指頓了一下，然後扯出一個僵硬的笑，「妳不要管美女的生活。」

「我覺得妳是不是沒死心？」

岳千靈悶悶不樂地說：「想太多，人家有女朋友了我就該蓬頭垢面嗎？」

而且她起早貪黑起來化妝，確實也不是為了吸引顧尋的注意力，畢竟人家現在不是單身。

只是潛意識裡她依然希望自己展露在顧尋面前的形象是精緻漂亮的。

她現在不會去主動接近他，但不代表她可以不顧自己的形象。畢竟兩人在同一家公司，下班後又在同一間學校，不管在哪裡碰面，如果她憔悴又邋遢，即便顧尋根本不會在意，她自己也會鬱悶好幾天。

到了溫泉酒店，大家分部門各自玩耍，偌大一個山莊，就算想偶遇也不是一件容易的事。

直到晚飯時間，所有人才齊聚餐廳。

岳千靈在房間裡換衣服時臨時接了論文指導老師的電話，要聊好一陣子，她便讓黃婕先去吃飯，不用等她。

因此她下樓時，餐廳裡幾乎坐滿了人。

岳千靈不知道她們部門坐在哪一桌，張望著慢慢朝裡走去，經過某一桌時，有個人突然叫住了她。

「岳千靈？」

她一回頭，愣怔著眨了眨眼睛。

竟然是老闆在叫她。

老闆朝她揮了揮手，「過來坐唄。」

此話一出，那一桌的每個人都在看她。

好幾道目光注視下，岳千靈飛速環顧一下這一桌。

九個人，除了老闆，唯一一個她認識的就是顧尋。

好巧不巧，唯一的空位就在老闆和顧尋之間。

這叫什麼。

好事該來的時候不來，不該來的時候它踩著風火輪狂奔而來。

不過老闆都發話了，岳千靈自然不能拒絕。

她點了點頭，朝空位走過去，撫著裙擺坐下，先跟老闆問了聲好，然後側頭跟顧尋點了點頭。

顧尋平靜地看了過來，眼睛在明亮的燈下呈現琥珀色。

短暫的目光相接，岳千靈的心神忽然一蕩，隨即克制地收回目光。

「下個月就畢業了吧？」老闆喝了點酒，慵懶地看著岳千靈，眼神別有意味，「畢業後有什麼打算，留在公司嗎？」

哪有這麼提問的？

我難道能當著妳的面說我想走？

「我當然是希望留下來的。」岳千靈深吸了一口氣，保持表情的平靜，面不改色地拍起馬屁，「畢竟業內也找不到什麼比我們公司更好的平臺了。」

老闆笑了起來，又幫自己倒了杯酒，問道：「那妳去年年底的時候為什麼要離職？」

岳千靈：「……」

不等她緩口氣，老闆又接著問：「怎麼走了沒兩天又想回來？」

那一刻，岳千靈感覺全桌的目光又集聚自己身上。

就連身旁的顧尋，似乎也在看她。

或許老闆只是順口一提，但岳千靈感覺只差在油鍋裡滾一圈了。

她當初跟顧尋說的是老闆不讓她走非要她留下來的。

謊言當場戳穿，岳千靈恨不得鑽進桌子底下。

偏偏她感覺到顧尋的目光好像還在她身上，看得她如芒刺在背，坐立難安。

沉默的那兩秒，誰知道她經受怎樣的煎熬。

「當然是因為……」岳千靈頓了頓，極困難地開口，「年輕不懂事。」

「原來是這樣……」老闆笑著搖了搖頭。

岳千靈緩了口氣，緊繃的背脊也鬆了下來。

下一秒。

「我還以為是因為我們公司來了個大帥哥，妳捨不得走了呢。」

「……」

在全桌的哄笑中，岳千靈拳頭倏地緊握，那口氣又硬生生地憋了回去。

和顧尋不到半臂的距離，她能清晰地感覺到他的存在，似乎還聽見他輕笑了聲。

那一道氣音，像火焰一樣，將她架起來烤了一圈。

還好她還沒來得及說什麼，桌上另一個女生就開口道：「可不是嘛，當時施月剛離職不久，還跟我說早知道就不走了，我說那妳回來呀，只要妳老公不介意。」

桌上又是一陣哄笑。

老闆本來只是開個玩笑，大家笑笑也就過了，沒真的在意岳千靈的回答。

但岳千靈冷不防被戳中了想法，心慌意亂，做賊心虛地側了側頭——

人聲喧嘩中，兩人的目光再次相接。

耳邊的聲音似乎突然消失了。

岳千靈的心跳加快，氣血倒湧，雙頰很不爭氣地爬上緋紅。

她幾乎可以肯定，顧尋看出她的想法了！

懷著這樣的忐忑心情，岳千靈這頓飯吃的食不知味，如坐針氈。

全程和一旁的顧尋零交流，連臉都不會往那邊側一下。

越是這樣，她的注意力越是離不開顧尋，時時刻刻注意著他的動向。

像個小間諜似的，吃頓飯吃得身心俱疲。

好在顧尋似乎根本沒有在意剛剛的問題，也一直沒有跟她說過話。

好不容易熬到了最後，桌上的飯菜已經所剩不多。

岳千靈打算找個藉口開溜，這時，整個餐廳的人卻開始相互敬酒。

老闆被叫去別桌，岳千靈身邊空了個位子，很快有個男的端著酒杯坐了過來。

岳千靈和這個人並不熟，只知道他是人資部的主管，平時幾乎零交集，只有當初校招面試的時候見過幾面。

但這個主管卻記得岳千靈。

「是岳千靈吧？」他喝得滿臉通紅，自來熟地將岳千靈面前的空杯子倒滿了白酒，「當初妳可是我招進來的，算半個伯樂吧？」

他把酒杯推到岳千靈面前，「來，我們喝一個，乾了！」

岳千靈雖然會喝酒，但僅限於低度數的啤酒。

至於白酒，她曾經在家裡嘗試過，僅僅喝了一口，就嗆得滿臉痛苦，喉嚨像被燒了似的。

現在這個主管要她乾一杯白酒，這不是要了她的命嗎？

「我不會喝酒。」岳千靈笑著端起另一杯果汁，「我喝果汁吧。」

「這就是妳不懂事了啊。」那個主管笑咪咪地，語氣裡卻流露出明顯的不滿，「我乾白酒，妳喝果汁，這算什麼？」

「不好意思，我確實不能喝。」岳千靈毫不退讓地看著他。

這位主管自視甚高，沒被實習生拂過面子，當即不高興了。

「誰都是從不會學會的，今天不就是個好機會？」

他把岳千靈手裡的果汁強硬地端走，動作粗魯，灑了好些出來。

岳千靈眼疾手快地閃開，衣服上只沾了一點，卻眼睜睜看著那些果汁飛濺到顧尋腿上。

她頓時有些慌亂，連忙拿出紙巾，「對不起對不起，你快擦擦。」

顧尋接過岳千靈遞來的紙巾，隨意地擦了擦褲子上的果汁，聽見岳千靈還在道歉，他皺了皺眉，「妳道什麼歉？」

岳千靈還沒反應過來他的話是什麼意思，另一邊，主管已經把酒杯往她手裡塞了。

「來走一個唄，感情深，一口悶。」

誰跟你感情深。

「我真的不能喝。」岳千靈壓住不耐煩，讓自己的語氣儘量不那麼暴躁，「我酒精過敏。」

「嗨呀，我聽太多女孩子找這種藉口了。」這人腦滿腸肥，一笑起來，臉上的肉都擠在一起，「妳們這些漂亮女生啊就是會裝，嘴上說著過敏，下了班去夜店比誰都能喝。」

「你胡說什——」

岳千靈話還沒說話，手中的杯子突然被人拿走。

她驚詫地轉頭，見顧尋端著她的杯子，一飲而盡。

「砰」一聲，杯子被他擱在桌上。

他目光沉沉地看著那個主管，嗓音裡含著明顯的不滿，「我幫她喝了，可以結束了嗎？」

主管愣了片刻，表情有點僵，卻還笑著說：「我跟人家千靈喝酒呢，等一下跟你喝，別著急。」

說著，他又拿走杯子，開始倒酒。

「你們年齡小，不懂事，叔叔我是在教你們怎麼跟人打交道——」

「你怎麼不回去教你自己的女兒？」

聽見顧尋明顯很不爽的聲音，她愣了片刻，緩緩轉頭看他。

「逼女生喝酒覺得自己很厲害？」他依然沉著臉，眼裡帶著毫不掩飾的鄙夷和嘲諷，輕笑了聲，「還是覺得人家漂亮想占點便宜？」

壞心思就這麼被直捷了當地戳穿，主管的面子實在掛不住，酒氣一上來，臉上通紅。

可是顧尋說的三句話，句句戳他心窩，一個字都說不出來。

偏偏一桌人都以看笑話的表情盯著他，只有岳千靈，默默地出著神，不知道在想什麼。

最後主管一句話都沒說，拿著自己的酒杯起身就走，還重重地摔了一把椅子。

桌上有其他人安慰岳千靈：「妹妹，妳別理這種人，我們又不求著他什麼，沒必要忍這種人。」

岳千靈扯出一個笑，說了聲謝謝。

隨後，她又對著顧尋道了聲謝。

顧尋沒說話，只是拿著紙巾擦著剛剛杯子裡灑出來的酒。

如果換成以前，顧尋在這種時候幫她出頭，岳千靈能高興得飛起來。

他剛剛還說了她漂亮。

而現在，一想到他有女朋友，岳千靈心裡就只剩心酸。

在這樣的前提下，他偶爾流露出對她的好，都變成另一種形式的煎熬。

岳千靈垂下眼睛，發燙的指尖緊緊抓著裙擺，滿腦子胡思亂想。

直到大家都散了，岳千靈在回房間的路上越想越鬱悶，拿出手機傳訊息給印雪。

糯米小麻花：『今天吃飯，有個男的糾纏著我喝酒，顧尋幫我擋酒了。』

糯米小麻花：『還嗆了那個男的，氣得他肚子都要炸了。』

糯米小麻花：『要不是他有女朋友，我當場就要忍不住了！』

糯米小麻花：『妳理我一下呀，我煩著呢。』

印雪不知道在做什麼，一直沒回訊息。

岳千靈便悶悶不樂地回到房間，把灑了酒和果汁的衣服換了下來。

等她做完這一切，床上的手機終於震動兩下。

打開一看，是印雪傳來的訊息。

印雪：『這真是太妙了！』

印雪：『我剛剛知道，顧尋他媽的根本就沒有女朋友！』

第十章　告白

半個小時前。

印雪打開學校二手交易群組，看見有個人掛出一款全新的BOSS降噪耳機，粉粉嫩嫩的外觀很可愛，於是她立刻私訊那個人，談好價格後，兩人約在圖書館當面交易。

印雪到了那裡，卻發現來的人有點眼熟。

那不是顧尋的室友嗎？

蔣俊楠走過來，也發現印雪有些熟悉，直接問道：「我們好像見過，妳是岳千靈的朋友吧？」

印雪點點頭，打量他兩眼，見這人一百八十幾公分的大個子，不像是會用粉色耳機的人，於是問道：「這耳機是你的啊？」

蔣俊楠無奈地摸了摸後腦勺，眼神有些不自然，「當然不是我的，我這麼一個大老爺們怎麼會用這種東西。」

看印雪眼神中有疑慮，蔣俊楠害怕她以為自己的東西來路不正，立刻解釋道：「這是我買給我前女友的禮物，結果還沒送出去就分手了。絕對是正品，我帶了發票的，還有購物記錄可以給妳看。」

「哦……這樣啊……」印雪看了購物記錄一眼，碎碎念道，「禮物都買好了還分手，怪可惜的。」

蔣俊楠感覺再說下去，印雪可能就要猜出自己是被甩了，這還挺沒面子的，便插科打諢地說道：「嗨呀，我是為了融入我們宿舍的單身氣氛嘛，不然只有我一個人天天秀恩愛，多麼格格不入。」

印雪本來都要掏手機付錢了，聽到他說的話，突然抓住某個重點。

「你們宿舍都單身嗎？」

蔣俊楠笑了起來，「這很值得驚訝嗎？我們學院本來就是著名的和尚學院，連校草都找不到女朋友哈。」

「啊？」印雪想了想，問道，「你們宿舍那個……那個顧尋不是有女朋友嗎？」

「他有個屁的女朋友！」蔣俊楠說，「哪個傻子造的謠啊？」

印雪也疑惑了，「他自己親口說的啊，有人聽到了。」

蔣俊楠頓了片刻，突然想清楚其中的關鍵，「唉，這是他拒絕人的老把戲了，我一年起碼看他用十次這個招數哈，一擊致命，永絕後患。」

印雪半張著嘴，想明白事情的真相，拖著尾音「啊」了一聲。

「原來是這樣的。」

蔣俊楠突然偏著頭，小聲問道：「妳幫岳千靈問的？」

「什麼？」印雪猛地一激靈，「沒有啊，我只是隨口一問。」

蔣俊楠笑了笑，別有意味地說：「行，反正就是他自己造自己的謠，根本沒有女朋友哈。」

回去的路上，印雪越想越覺得好笑，岳千靈竟然因為這麼個謠言消沉了好幾個月。

當她把今天的經歷繪聲繪色地描述給岳千靈聽時，她愣了好一陣子。

所以，顧尋說自己有女朋友是為了拒絕當時電梯裡那個女生？

岳千靈開始回想當時的場景，顧尋的每一句話，似乎都能和這個目的嚴絲合縫地扣上邏輯。

喜悅在她心裡一點點、一點點地放大。

直至在她胸腔裡像沸騰的糖水一般翻滾、冒泡。

原本死氣沉沉的岳千靈，突然在床上打了個滾，用枕頭捂住臉，悶悶地笑了起來。

其實顧尋肯定也看出她喜歡他了，比如耶誕節那次。

但他卻沒有用這樣的藉口來拒絕她，這說明什麼？

說明他對她肯定是有好感的。

她此刻根本想不起顧尋對自己冷臉的樣子，忍不住把這些小到不能再小的，看起來有跡可循的事情用來做閱讀理解。

沒多久，岳千靈又望著天花板笑了起來。

想到今晚顧尋幫她擋酒，還嗆了那個主管，她更確定這個想法。

壓抑了好幾個月的情緒在這一天，因為一個謠言的打破，發生了翻天覆地的變化。

太久沒有這樣純粹的開心，岳千靈控制不了自己嘴角的笑意，那份喜悅根本藏不住，想找人分享，可惜印雪離她太遠。

和岳千靈同住一個房間的黃婕上完廁所出來，看見岳千靈一個人在床上傻笑，愣了一下，問道：「妳今晚是不是喝了很多酒？」

岳千靈扭頭看著她，不說話，只是笑，臉上還有點紅暈。

看來醉得不輕。

黃婕從包裡翻出一個小瓶子，遞給岳千靈。

「還好我早有準備，知道這種活動肯定要喝酒，備好醒酒藥。」

岳千靈盯著她手裡的醒酒藥，突然想到什麼，猛地坐起來，接過這瓶藥。

「借我用用！」

說完，她拿著藥跑了出去。

剛出門沒兩步，她又掉頭回來，走到浴室鏡子前。

嘖，妝都花了。

岳千靈連忙從行李中翻出化妝包，坐到桌前仔仔細細地補妝。
「妳幹嘛補妝呀？」黃婕看她這些動作，忍不住問，「難道還有什麼我不知道的活動？」
「不是啦。」岳千靈補好了粉底，笑著說道，「我出去找個人。」
黃婕走到她身旁，見她認真地模樣，笑道：「妳這哪像找人，像是去找隻鴨。」
岳千靈：「……」
她不理會黃婕，抿了抿嘴唇，把口紅抹勻，轉頭問：「這個顏色好看嗎？」
「好看好看。」黃婕敷衍地瞟了她一眼，又問，「幹什麼呀？相親嗎？」
岳千靈不知道怎麼解釋，便支支吾吾地說：「這裡環境這麼好，等一下準備拍點照片。」
說完，她又去翻自己帶來的衣服。
可是看來看去，只有T恤、牛仔褲和一些純色短袖。
昨天她收拾行李的時候，想著不能去有女朋友的顧尋面前開屏，便選擇了簡單舒適的衣服。
現在看起來，怎麼樣都有點過於素淨。
於是岳千靈打起了黃婕的注意，「借點衣服穿？」
二十分鐘後，岳千靈換上黃婕帶來的半袖白色連衣裙，拿著一瓶醒酒藥，離開房間。

這次公司員工旅遊一共包了好幾十個房間，行政的人發了房間安排表給每個人，岳千靈在那上面找到顧尋的房間號碼。

酒店走廊悠長靜謐，偶爾有一兩間房門沒關，傳來模糊不清的說話聲。

岳千靈穿著平底鞋，裙擺輕飄飄的，地毯軟綿密實，她感覺自己像踩在雲上。

中途有個同事從房間出來，正好遇見岳千靈，雙眼一亮，笑著說：「喲，好久沒見到妳穿裙子了，還純白色的，就像是仙女。」

岳千靈朝她眨了眨眼睛，笑著說：「麻煩把『像』字去掉。」

同事笑著拍兩下她的肩膀，轉頭搭電梯。

走到一〇二四門口，岳千靈理了理頭髮，按響門鈴。

來開門的是易鴻，他醉眼朦朧的看見岳千靈站在門口，有一絲詫異。

「有什麼事嗎？」

岳千靈不著痕跡地往房間裡看了一眼。

陽臺沒有開燈，僅房間幾盞床頭探射燈透著微弱的淡光。

他就站在那裡接電話，穿著黑色短袖，因隔著玻璃門，背影與夜色融為一體，一雙長腿倒是格外顯眼。

「我找顧尋。」岳千靈收回目光，輕聲說道。

易鴻一點也不意外，畢竟岳千靈是今晚第二個來找他的人。

他轉身喊道：「顧尋，岳千靈來找你了！」

顧尋回頭，視線穿過玻璃門，瑩然一燈下，岳千靈纖瘦的身影有些模糊。

他淺淺地看了一眼，電話裡的女聲語氣突然變了，『我沒聽錯吧？岳千靈？那不是鞠阿姨的女兒嗎？』

不等顧尋回答，顧萍韻又問：『你們這麼晚還在一起？』

剛剛分明還在強勢地爭論，一聽到岳千靈的名字，她的注意力突然轉了一個大彎。

顧尋不輕不重地嘆了口氣，「公司旅遊而已。有點事，先不說了。」

他掛了電話，推開陽臺的門，朝岳千靈走去。

易鴻同時也轉身回房間，不知想到什麼，背對著岳千靈，揶揄地看了顧尋一眼。

顧尋沒接他這道眼波，直接走向岳千靈。

「有事？」

岳千靈把黃婕的醒酒藥遞到他眼前，「呃，我同事帶了醒酒藥，我看你們今晚好像喝挺多的，所以送過來給你。」

其實顧尋還好，沒太大感覺，但易鴻確實有點醉，剛剛已經從梁靜茹唱到屠洪剛，還說要開浴室演唱會，頗有神志不清的前兆。

於是他接過藥，「謝謝。」

岳千靈垂下手，張了張嘴，片刻後才躊躇著說道：「那個……今天的事情謝謝你啊，也不知道那個主管會不會為難你。」

顧尋聞言，想說什麼，發現走廊上經過的同事正在打量他們，於是想說的話最終憋了回去，只是舌尖抵了抵牙，漫不經心地說道：「妳不用放在心上。」

岳千靈的嘴角翹了起來。

她並不知道，其實今天就算不是她，換做任何一個不認識的人，顧尋都會這麼做。

只是這句話還沒說出來，身後突然傳來響亮的歌聲。

「大河向東流哇！天上的星星參北斗哇！嘿！嘿！參北斗哇！生死之交一碗酒哇！」

「……」

「……」

顧尋回頭看了一眼，倏地笑了起來。

悠悠回過頭時，正好對上岳千靈也笑彎的眼睛。

目光相撞那一刻，顧尋嘴角的弧度還未消退。

那一瞬間，岳千靈感覺四周的燈光忽然變明亮了，她雙眼倏忽閃爍，清晰地聽到自己的心跳聲。

「妳送的藥還挺及時。」

「嗯，你早點休息，晚安。」

雖然天色已經不早了，但是許多人興致未散，三三兩兩地相約去後山泡溫泉。

岳千靈回到房間時，黃婕正在換泳衣。

「去泡溫泉嗎？」

「我不去了。」岳千靈搖了搖頭，「總感覺生理期要來了。」

「好吧。」

黃婕穿上浴袍帶上浴巾，匆匆出門。

室內歸於安靜，岳千靈拿起手機，看見小麥已經在群組裡傳了很多訊息。

小麥：『今晚沒有「雞」會嗎？』

小麥：『人呢？都過節去了嗎？』

小麥：『@駱駝@校草@糯米小麻花。』

小麥：『不是吧，難道只有我一個人在宿舍孤零零地過節？』

駱駝：『來了來了！』

她想了想，反正黃婕還要一段時間才會回來，便決定打一下遊戲。

糯米小麻花：『來了。』

小麥：『@校草，轎子抬到你家門口了！』

過了幾分鐘。

校草：『上線。』

今天這局遊戲岳千靈打得很佛系，還讓了小麥幾個人頭。

『噢喲，妳居然讓人頭了。』駱駝陰陽怪氣地說，『太陽從西邊出來了嗎？還是妳被附身了？』

『這難道不是一個KD七點多的人的基本操作嗎？』說著，他們遇上一隻獨狼，岳千靈把他打殘血後，沒繼續開槍，『來來，駱駝，你來拿個人頭。』

駱駝笑呵呵地上去補了兩槍，一邊舔東西，一邊問：『妳今天心情很好呀，發生什麼好事了？』

岳千靈：『你怎麼看出我心情好的？』

駱駝：『……』

兩人有一句沒一句地閒聊了一陣子，駱駝突然說道：『對了，好久沒聽妳提過妳那個心上人的事情了，怎麼樣了？』

岳千靈挑了挑眉，沒說話，看見地上有個六倍鏡，說道：『這裡有個六倍，林尋你要來拿嗎？』

『標一下。』

自從進入遊戲，除了「幫我找個槍補」、「這裡有把Ｍ２４」外，這是他說的第三句話。

岳千靈標好後，才沉沉地嘆了口氣，『怎麼說呢，我現在覺得，我很有希望。』

『哦？』駱駝咳了一聲，『怎麼說，你們現在走得很近？』

『可以這麼說吧。』她笑了笑，『唉駱駝我問你，如果一個男生平時不冷不淡的，關鍵時刻卻很護著你，這是不是說明他對你還挺有好感？』

『嗯……』平時接話快的駱駝不知為何沉默了半晌，才說道，『或許是吧。這個男生平時的性格很內向嗎？』

『是的。』岳千靈說，『很內向，也不愛說話。』

駱駝又一次沉默。

這他媽聽起來，好像還真的是那麼一回事。

完了。

兄弟，危。

片刻後，駱駝說：『嗯，那或許是吧。』

『但是呢……』岳千靈翻了個身，趴在床上撐著上半身，『唉，算了。』

見她欲言又止，駱駝反而被勾起了好奇心，『怎麼了，妳說呀？』

岳千靈還在想怎麼組織語言，就聽見一直沒有參與他們話題的林尋冷不防開了口，『喜歡就去告白，妳在這裡跟我們說有什麼用？』

告白？

岳千靈腦海裡開始描繪那個畫面。

不行。

她不敢。

見她沉默，駱駝打趣道：『怎麼，不敢嗎？』

『什麼敢不敢的。』岳千靈一邊追著一個人打，一邊說，『當代年輕人只會吸引、誘惑。』

她頓了一下，故作不屑地說：『至於告白，那都是幾百年前的老東西了。』

耳機裡響起林尋的一聲嗤笑，帶著點輕蔑的感覺。

『高等數學也是幾百年前的老東西，妳會了嗎？』

在林尋說出「告白」兩個字之前，岳千靈從來沒有想過這件事。

她潛意識驅動的所有行為只是悄悄看他一眼，再主動一點，也不過是主動和他說話，製造相處的機會。

至於告白，她甚至沒有將這件事情納入行動計畫。

原因很簡單，因為她怕。

曖昧期的告白，是水到渠成的儀式感。

但對她來說，告白就是一場賭博。

賭贏了夫妻雙雙把家還，賭輸了自己洗洗早點睡。

所以林尋一說「去告白」，岳千靈下意識的反應就是否決。

但是那個陌生的念頭一旦進入她的腦海裡，就像種子掉進土裡，悄然間生根發芽，不知不覺間，已經不動聲色地攀附在她每一根神經末梢上。

某些時候，只是吃著飯，走著路，這個念頭就會突然冒出來。

然後很快被她的膽小本質壓了回去。

到了晚上，夜深人靜的時候，這種想法又會野蠻生長。

好幾次岳千靈在睡覺的時候腦內小劇場已經模擬了千百種告白的場景和臺詞，甚至想第二天醒來就付出行動。

不過她最近根本沒有見到顧尋的機會。

因為要準備論文最終定稿和答辯，而且岳千靈當選美術學院優秀畢業生，按要求要聯合其他學生創作一幅大型版畫作為畢業留念。

所以在員工旅遊結束後，她便向公司提出結束實習，回到學校準備畢業。

而電腦學院要求比較鬆，顧尋依然每天在HC互娛，並且最近晚上都沒有回學校。

據印雪向蔣俊楠打探得來的消息，他好像已經提前搬出宿舍。

由此，岳千靈甚至怯懦地慶幸，見不到也好，算是客觀條件壓制住了她的衝動。

於是這段時間，岳千靈便安心地準備畢業。

其中還有一件重要事情是找房子。

學校規定畢業典禮後，一週之內畢業生便要全部離校。

岳千靈一開始想和印雪一起租房，但兩人把公司折中距離範圍內的社區和 loft 公寓都看了個遍，一間合適的都沒找到。

眼看著天氣越來越熱，所剩的日子攤著手指都數得過來，兩人最終放棄合租的念頭，各自去找離公司近的住所。

這樣一來，可選範圍就大多了。

短時間內岳千靈也無法找到合租的室友，便在距離HC互娛兩個網站的社區租了間公寓套房。

除了房東規矩多了點，其他還算順利，現場勘查加簽合約，一共忙了兩天，終於塵埃落定。

等澈底閒下來，一抬頭，學校綠蔭大道的槐樹竟已經花團錦簇。

一蓬蓬白色小花將枝頭壓得沉甸甸，嫩綠的葉子反倒成了點綴，讓枝幹遒勁的老樹在這離別的日子裡也顯出幾分柔軟。

畢業典禮在六月初，但越是臨近那一天，岳千靈就越是睡不著。

都怪學校儀式感太重，畢業牆已經布置好，路燈上掛滿了橫幅，每天都有同學發社群動態紀念最後幾天的學生身分，操場廣播還時不時放幾輪〈離別〉。

這些撲面而來的氣氛總是在提醒著她該去做某件大事，營造一種萬事已經具備的錯覺。

前段時間只是睡覺的時候會想像場景，而現在她閒下來，大腦就不受控制地迴響著林尋說的那句話。

彷彿錯過這個時機，就找不到更合適的機會了。

畢業典禮前一天晚上，岳千靈在床上翻來覆去沒有睡意，見印雪和方清清也在看手機，突然冒出一股衝動。

「清清、印雪，問妳們一件事情。」

黑漆漆的房間裡，印雪和方清清異口同聲回答：「說。」

但是話都到了嗓子眼，岳千靈卻說不出口。

等了半晌，印雪「嘖」了一聲，「妳說啊。」

「沒事。」岳千靈翻身面對牆，「叫一叫妳們。」

「嘿，妳這個人……」印雪罵道，「友情是妳生命最後的保護傘妳知道嗎？」

岳千靈盯著牆面看了半晌，也不知道自己在緊張什麼。

這種懸而未決的心態像沸水一般在她胸口充漲，心跳頻率也因此變得不規律。

明明什麼都還沒做，卻像經歷了一場沒有硝煙的戰爭。

這時，手機突然響了幾下。

駱駝：『兄弟們，作戰時間到！』

小麥：『加油！特種兵！』

見只有小麥回應，駱駝又@了兩個人。

駱駝：『@校草@糯米小麻花，怎麼，一定要我請？』

糯米小麻花：『不來，我睡覺了。』
駱駝：『？』
駱駝：『十一點就睡覺了？妳的作息什麼時候這麼老年人了？』
糯米小麻花：『我明天早上畢業典禮啊！』
駱駝：『？』
小麥：『？』
校草：『？』
校草：『妳還沒畢業？』
糯米小麻花：『對啊，我是應屆畢業生啊。』
駱駝：『我靠，妳一直說工作工作什麼的，我以為妳早就畢業了！』
糯米小麻花：『……不是的，我只是實習比較早。』
駱駝：『無語。』
他轉頭私訊顧尋。
駱駝：『我之前一直以為她比你大呢，結果是同屆的。』
駱駝：『我還說你出息了，會搞姐弟戀了。』
對方只回了他一個微笑。

駱駝：『唉我說你還在等什麼呢，都同一個城市的，還是同居的，多合適啊，衝啊！』

駱駝：『強取豪奪啊！』

菜也犯法嗎 sir：『你又偷嫂子的言情小說看了？』

駱駝：『……不識好人心。』

駱駝轉頭又打開群組。

駱駝：『@糯米小麻花對了，上次不是說要告白嗎，準備行動了嗎？』

岳千靈本來平靜了不少，一看見駱駝傳的訊息，又不鎮定了。

糯米小麻花：『（打滾.gif）。』

駱駝：『這到底是告白了還是沒告白的意思？』

糯米小麻花：『沒有呢……』

駱駝：『怎麼還沒去呢？』

岳千靈的心跳頻率變得紊亂，還沒來得及打字，群組裡跳出一則訊息。

駱駝：『哈哈哈哈，妳怕什麼呀？』

校草：『她當然是怕慘遭拒絕。』

岳千靈：「……」

你媽的，會不會說話。

糯米小麻花：『你住口！』

校草：『怎麼，惱羞成怒？』

人總是容易在深夜做衝動的決定。

岳千靈顫抖著指尖打字。

糯米小麻花：『閉嘴吧！我明天就去！』

因為這個刺激做了決定，岳千靈反倒輕鬆很多。

但是這一晚她依然無眠。

直到天濛濛亮，她才渾渾噩噩地入睡，還夢到她跟顧尋告白，然後他說：「其實我也注意妳很久了。」

岳千靈震驚得說不出話，然後鬧鐘就響了。

被拉回現實，她望著天花板，腦海裡還在回味剛剛那個夢。

印雪和方清清打著哈欠下床，見岳千靈沒動靜，抬手拍了拍她的肩膀。

「醒醒，六點半了，七點半就要到體育館集合。」

畢竟是人生重要時刻，每個人都希望自己打扮得漂漂亮亮的。

岳千靈想到自己今天要做的事情，突然醒神，忙不迭下了床。

可惜睡眠的狀態直接體現在她的臉色，對著鏡子，怎麼看都有幾分憔悴。

岳千靈一邊化妝，一邊不停地問印雪和方清清自己看起來怎麼樣。

「很好看啦。」方清清已經換上學士服，笑咪咪地說，「簡直是仙女下凡。」

馬屁拍得太無腦，岳千靈還是放不下心，「會不會看起來很憔悴？」

「姐，妳是去參加妳的畢業典禮！」印雪無語地看著她，一字一句道，「不是去參加妳的婚禮！」

岳千靈：「哦……」

穿上黑漆漆的學士服後，三個人一起前往體育館。

全校的畢業生都集聚在這裡，美術學院抽到最邊緣的座位。

今天天氣不算好，一路過來的時候蚊蟲低飛，路邊爬滿了螞蟻。

天色陰沉沉的，濃雲壓著天際，空氣裡沒有一絲風。

露天體育館沒有開空調，所有人像置身一個大蒸籠，身上又穿著不透氣的學士服，悶得人喘不過氣。

好在印雪帶了小風扇，一直對著自己的額頭吹。

「校長講話到底要講到什麼時候啊，他不熱嗎？」

身旁的方清清也快熱癱了，有氣無力地說：「搞快點啊，我的臉都出油了，欸千靈，帶粉餅了嗎？」

等了幾秒沒等到回應，方清清扭頭，見岳千靈正伸著脖子看著對面的座位。

「妳看什麼呢？」

「啊……沒什麼。」

嘴上雖然這麼說，岳千靈還是仔細地掃視著座位，並隨手從包裡拿出了粉餅遞給方清清。

可惜體育館的人實在太多了，又都穿著統一的學士服，岳千靈僅憑肉眼根本找不到顧尋在哪裡。

就這麼蹉跎了一個多小時，終於輪到撥穗儀式。

這麼多人要輪番上臺，也不知道什麼時候輪到顧尋他們學院，岳千靈越等越焦灼。

這時，手機突然響了。

左曼曼：『千靈姐姐，我大考完了，跟爸媽一起在妳家玩呢。』

左曼曼：『我可以用妳的 iPad 玩遊戲嗎？』

這是岳千靈的小表妹，成績好又聽話，全家人都很喜歡。

但這時，她沒什麼心思多問，心不在焉地打字。

糯米小麻花：『可以。』

左曼曼：『那我可以直接登錄妳的遊戲帳號嗎？』

左曼曼：『妳有好多漂亮衣服。』

左曼曼：『（可憐兮兮.jpg）。』

糯米小麻花：『我的帳號段位很高，會配對到很強的敵人，妳可以嗎？』

左曼曼：『我跟我的大神同學一起雙排噠！』

糯米小麻花：『那妳直接登吧。』

左曼曼：『謝謝姐姐！我不會亂動裡面東西噠！』

剛傳完，岳千靈察覺到四周有一陣騷動，還沒來得及抬頭，印雪和方清清分別從兩側拍她手臂。

「快看，顧尋。」

岳千靈扭頭朝中間看去，二十個人分為兩排，顧尋站在第二排最旁邊的位子，但他依然是最顯眼的那個。

能感覺到，幾乎所有人的目光都集中在他身上。

岳千靈緊緊盯著他，頒發畢業證書、撥穗，一道道環節下來，他隨著隊伍走下臺。

岳千靈的目光追著他，直到回到座位。

終於知道他坐在哪裡了，岳千靈的視線再也沒有離開過，也不再覺得這畢業典禮漫長而枯燥。

三、四個小時，彷彿一眨眼就過了。

當主持人宣布典禮結束時，會場裡的人其實已經走了一半，剩下的人有序地從各個出口退場。

這是最適合的機會了。

岳千靈深吸一口氣，把包遞給印雪。

「妳幫我拿回宿舍吧，我有點事，等一下回來。」

印雪和方清清還沒問她究竟是什麼事，就見她起身朝對面走去。

體育館很大，從一端到另一端有好幾百公尺的距離，岳千靈才走到一半，顧尋便已經從出口出去了。

她一著急，拎著學士服的下擺開始小跑。

一路追到那個出口，外面正是學校擺的畢業牆，很多人都在那裡合照，人來人往，岳千靈一時間沒看見顧尋在哪裡。

偏偏這時，她的手機又響了，是一個已經畢業的學姐打來的電話。

岳千靈一邊找顧尋，一邊接通電話。

『千靈，妳剛參加完畢業典禮吧？』

岳千靈心不在焉地「嗯」了一聲，「怎麼啦？」

『是這樣，我們公司的韋總這幾天帶著我們在江城出差呢，剛好今天比較有空，我就想著照拂學弟學妹們，把韋總請來學校開個交流會什麼的，現在我們系主任都在這邊接待呢，妳來不來呀？不是正好畢業嘛，說不定韋總賞識妳，以後有更好的發展機會呢。』

這個韋總，岳千靈當然知道，是國內某個爆紅網遊的製作人。

能跟他面對面交流，是多少從業者夢寐以求的機會，沒想到就這麼砸在她頭上了。

但是，她好不容易做了決定這個時候去跟顧尋告白，要是錯過這次機會，她不知道什麼時候才能再次鼓起勇氣。

猶豫的同時，她的視線不經意地掃過畢業牆旁的一個角落，赫然見顧尋站在那裡。

他已經脫了學士服，穿著簡單的白色短袖，沒什麼表情的看著鏡頭。

一個女生正興奮地站在顧尋旁邊，比著剪刀手，另一個女生蹲在對面幫他們拍照。

還有幾個女生圍在旁邊，似乎也等著上去合照。

不知道現在是第幾個了，岳千靈明顯感覺到顧尋耐心即將告罄。

岳千靈抿了抿唇。

學姐等了一下，問道：『千靈，妳來嗎？』

岳千靈想了想，問道：「學姐，交流會持續多久啊？」

『大概一個多小時吧，等一下應該會去吃飯。』

「學姐，那我等等過去可以嗎？」岳千靈看著顧尋，鄭重地說，「我現在有點急事。」

『好的，妳快點啊。』

當第六個女生上來找顧尋合照時，他實在不耐煩了。

今天的心情本來就很煩躁，天氣又悶熱，在體育館裡悶了幾個小時，老師坐在他旁邊，連提前走的機會都沒有。

一出來又被幾個不熟的同學拉著拍照，他幾度想掉頭就走，但礙著都是同一個系的同學，他終是按捺住了。

但看這架勢，合照是沒完沒了了，再拍下去直接去校史館當蠟像得了。

「不好意思，我有點事。」他丟下一句話，轉身欲走。

突然，他聽見有人在叫他。

回頭一看，助教正在朝他揮手。

顧尋皺了皺眉，看了周圍一眼。

剛剛分明感覺還有個女生在叫他。

片刻間，助教已經朝他走了過來，「要走了？先等一下吧，張教授過來跟大家合個照。」

張教授並不是大學部的老師，但是顧尋跟著他做過幾次研究案。

想到今年張教授也要退休了，顧尋便點了點頭。

但是他沒留在原地，而是去樹蔭下的長椅坐了下來。

尖銳刺耳的知了聲像魔音一樣縈繞在耳邊，悶雷陣陣，大雨將下未下，偶爾拂過的熱風也帶著煩躁的氣息。

顧尋打開手機，點開了小麻花的對話欄，動作卻僅僅止步於此。

幾分鐘後，手機突然震動。

顧尋立刻滑開螢幕，卻見是小麥在群組裡說話。

小麥：『今天週末耶！居然沒有人玩遊戲嗎？』

小麥：『人呢？』

小麥：『算了，沒人理我我自己去訓練場練一下槍。』

顧尋蹙眉，關上手機。

沒多久，又開始震動。

他再次打開，又是小麥，還只是傳了一個問號。

顧尋已經不想看了，正打算關掉螢幕時，小麥突然@了一個人。

小麥：『@糯米小麻花，妳為什麼在雙排？』

小麥：『妳外面有狗了？』

又一聲悶雷，身後植被裡的麻雀突然飛了起來，從顧尋身前搧著翅膀掠過。

他往後仰了仰，避開和麻雀的接觸，旋即蹙著眉心，打開遊戲。

好友清單裡，果然顯示她在遊戲中。

顧尋點進她的觀戰視角，第一時間看了看左上角。

——江城剛槍王001。

再看到螢幕正中間，一個男性角色正在瘋狂舔包。

顧尋扯了扯嘴角。

這他媽什麼中二男人。

緊接著，小麻花扛著一把狙擊槍衝鋒陷陣跟人近戰，然後倒在血泊裡，那個男的立刻跑過來扶她。

裝菜？

覺得這樣很萌嗎？

顧尋看不下去，退出觀戰。

剛關掉螢幕，突然有人輕輕地叫了他一聲。

這道聲音鑽進耳朵，顧尋有片刻的恍惚。

隨後，他緩緩抬起頭。

岳千靈怯生生地站在他面前，穿著學士服，額頭有一層細細的汗，緊抿著唇，目光倏忽地看著他。

顧尋回了神，和她對視片刻，沉沉地呼了口氣，「什麼事？」

岳千靈雙手負在身後，手指不安地攪動著。

分明是很安靜的環境，她耳邊卻嗡嗡作響，像耳鳴了一般，聽不清自己說話的聲音。

「你……有女朋友嗎？」

此話一出，顧尋便猜到岳千靈要說什麼了。

他別開臉，按了按脖子，才冷冷地說：「有話直說吧。」

岳千靈的心臟毫無規律的亂跳，咚咚作響，她不敢相信自己此刻的臉有多紅，幾乎是憑著本能在說話。

「其實我……一直很喜歡你……我……有機會嗎？」

連空氣都沉默了半晌。

岳千靈站著，顧尋坐著，她根本無法將自己的視線從他身上避開。

顧尋似乎對她說的話毫不意外，張口就要說什麼，忍了忍，才又說道：「我不喜歡妳。」

那五個字像五道雷，一下接一下地擊在岳千靈身上。

她的大腦突然一片空白，目光凝滯住，連呼吸都忘了。

只有雙唇沒有意識的微動，聲音卻微弱到連自己都聽不見。

見她站著不動，似乎還想要說什麼，顧尋站了起來，深吸一口氣，一字一句道。

「我現在不喜歡妳，以後也不會喜歡妳，妳根本不是我喜歡的類型。」

盛夏的蟬鳴忽遠忽近，梔子花香在空氣裡浮動，那些屬於岳千靈的憧憬與嚮往被他一句話揉碎在風裡。

天邊一道響雷，終於落了下來。

——《別對我動心》未完待續——

高寶書版集團
gobooks.com.tw

YH 108
別對我動心（上）
作　　者　翹搖
責任編輯　吳培禎
封面設計　Ancy Pi
內頁排版　賴姵均
企　　劃　何嘉雯

發 行 人　朱凱蕾
出　　版　英屬維京群島商高寶國際有限公司台灣分公司
　　　　　Global Group Holdings, Ltd.
地　　址　台北市內湖區洲子街88號3樓
網　　址　gobooks.com.tw
電　　話　(02) 27992788
電　　郵　readers@gobooks.com.tw（讀者服務部）
傳　　真　出版部(02) 27990909　行銷部 (02) 27993088
郵政劃撥　19394552
戶　　名　英屬維京群島商高寶國際有限公司台灣分公司
發　　行　英屬維京群島商高寶國際有限公司台灣分公司
初　　版　2022年10月

本著作物《別對我動心》，作者：翹搖，由北京晉江原創網絡科技有限公司授權出版。

國家圖書館出版品預行編目(CIP)資料

別對我動心/翹搖著. -- 初版. -- 臺北市：英屬維京群島商高寶國際有限公司臺灣分公司, 2022.10
　冊；　公分. --

ISBN 978-986-506-545-4(上冊：平裝). --
ISBN 978-986-506-546-1(中冊：平裝). --
ISBN 978-986-506-547-8(下冊：平裝). --
ISBN 978-986-506-548-5(全套：平裝)

857.7　　111015899